舞街少年

李光福——著
吳嘉鴻——圖

名家推薦

李偉文（少兒文學名家）：

時代真的改變了，跳街舞的孩子不是不良少年；把牛仔褲剪破洞也不是奇裝異服，但是，假如父母親的觀念還是傳統而守舊呢？

或許父母跟孩子各退一步，先聽聽對方的理由。父母要努力學習趕上時代的變化，孩子也要適時向父母證明自己的成熟與負責。當父母真的相信孩子認真看待一件事情時，大概也比較能夠接受孩子的決定吧！

這在時代變化愈來愈快的今天，是父母與孩子共同的課題。

同時如故事主角體會的，雖然每個人對事情的看法與處理方法都不同，但是做好事比做壞事容易得到笑臉。《舞街少年》是一個生動真實的感人故事。

凌性傑（作家）：

少年學舞，不僅在學如何面對自己的身體變化，也在學怎麼用身體迎向社會、迎向外面的世界，進而將這些動態化為內心的沉思。《舞街少年》有明顯的勵志企圖，小說作者擅長描寫場景，語言靈活、畫面感強烈，塑造出熱衷舞蹈的少年形象，並且將舞蹈元素發揮得淋漓盡致，完整呈現追求自我定位的歷程。練習高難度的「大風車」導致受傷，暗示理想之路必經的挫折。《舞街少年》裡的主人翁，透過解決衝突與難題，證明了自己的能力、善良，獲得了榮耀。

目錄

名家推薦……2
1. 不能當飯吃……7
2. 快樂天堂……15
3. 我的追夢計畫……24
4. 猩猩挨打……33
5. 大風車……41

6. 假日……51
7. 啵的一聲……60
8. 麻煩製造者……70
9. 受傷之後……78
10. 落難大少爺……89
11. 爸爸的底限……98
12. 牛仔褲風波……107
13. 團隊精神……116

14. 拔得頭籌……125
15. 見義勇為……136
16. 一舉成名……147
17. 一張邀請函……155
18. 元旦演出……164
19. 世界在改變……172
20. 新年新氣象……180

1 不能當飯吃

「聽過『滾滾長江東逝水』和『恰似一江春水向東流』這兩句中國古詩詞吧！考你們一個問題：從這兩句詩詞裡，可以看出什麼？」

聽了老師的問題，我立刻把長了翅膀的心收回來，兩眼直盯著老師看，假裝很專心的樣子——我怕老師點我回答，因為從這兩句詩詞裡，我根本看不出什麼。

「啊！我看出來了！就是……古代的人很會寫詩詞！」不知是哪個冒失鬼喊了出來。

一陣哄堂大笑之後，老師露了個被打敗的表情，說：「先生，我是教地理的，現在在上地理課，請你答些和地理有關的答案，可以嗎？」

「老師！」又有人開口了：「是不是……水都向東流？」

老師眼睛一亮，朝說話的同學看過去，說：「沒錯，可是只對了一半，很接近答案了。」

「啊！我知道了！水向東流……是不是指中國大陸的地勢西高東低？」

老師聽完，笑瞇瞇的說：「標準答案！我們不是說『水往低處流』嗎？這兩句詩詞裡的水都向東流，表示西邊的地勢高，東邊的地勢低。也表示寫這兩句詩詞的古人，不但懂得文學，也懂得地理……」

喔！原來老師問的是這個呀！害我緊張得差點尿褲子。不過，我住在臺灣，大陸哪邊高、哪邊低，跟我一點關係也沒有，所以一個恍神，我的心又長了翅膀飛到窗外去了。

天空，不知什麼時候聚集了一層烏雲，一副大雨欲來的樣子。我斜眼望著天空，「老天爺，拜託你千萬別下雨；你一下雨，我就沒戲唱了。」在心裡祈禱著。

一陣響亮的鐘聲把我叫回了神，看到同學們拿掃把、抬椅子，我才驚覺：打掃時間到了，趕緊站起身子，走出教室。

來到外掃區，我揮動掃把，開始在地上「寫大字」。打掃的時間只有十分鐘，接著上第八節輔導課，然後放學……我全身的細胞開始活躍起來，因此掃得更起勁、更賣力了。

抬頭看看天空，剛才聚集的那層烏雲中間破了一個大洞，一條光束從大洞照射下來，好像有什麼外太空東西降臨似的，形成一幅很科幻的景象。我在意的，不是這幅很科幻的景象，而是應該不會下雨了；不會下雨，放學後我才英雄有用「舞」之地。

想到這裡，我隨手把掃把一放，雙手一張，身體一轉，秀了個昨天才學會的動作。

只是，我的圈才轉一半，張開的右手背就碰觸到東西發出「啪」的響聲，接著傳來「哎喲」的叫聲。定眼一看，是班上的蔡麗香——我不知道她站在我後面，轉圈時，右手背正好打在她的背上，「啪」是手背和背部碰觸時發出的，「哎喲」是她被打痛了而叫的。

「張紹興！你發什麼神經啦？」蔡麗香齜牙咧嘴的忍痛大叫。

「啊！對……對不起，我……不知道你……在後面。」我不知所措的說。

「你要死了啊！很痛欸！你知道嗎？」她繼續吼叫。

我當然知道很痛呀！因為我的手也很痛。「我……知道，對不起啦！我……真的不是故意的。」我繼續道歉。

「你掃地不掃地，耍什麼猴子嘛！我要去告訴老師啦！」說完，她沒等我再說什麼，身子一轉，頭也不回的走了。

看著蔡麗香越走越遠的背影，我開始後悔了：沒事幹麼秀那個動作嘛！放學後再秀不行嗎？下節輔導課正好是阿導的課，如果她真的去告訴阿導，可有我瞧的了！現在我唯一能做的，就是祈禱她「大人有大量」，不要告訴阿導。

回到教室後，蔡麗香好端端的坐在座位上，看那樣子，她應該沒去告訴阿導。我鬆了一口氣：她果然是個有大量的人！

阿導進來了，她把手中的東西放到講桌上，掃視教室一周後，突然朝我看來，冷冷的說：「剛才蔡麗香告訴我，說你打她的背。」

我有點錯愕，剛才才說蔡麗香有大量，誰知她的大量就消失了。

我站起來，支支吾吾的說：「我不是故意的，我只是……轉個圈，手一甩，誰知她正好站在我後面，所以……」

「所以就打到她？」阿導口氣依舊很冷。

「不是打，是……我不是故意的。」我不知該如何解釋。

「我不是說過『遲早會出問題』嗎？現在果然出問題了，向人家道歉！」

「我……道歉過了。」

「再道一次！」

我轉向蔡麗香，行個禮，說了聲「對不起」——說就說，反正這三個字也不怎麼值錢，說了也不會損失什麼！

接著，阿導發下這次段考的成績單。成績單上只有姓名和各科分數，規定不能排名次，但是只要數一數名字的排序，那個序號就是自己的名次。我找到自己的名字，數了數，在我後面還有六個人，表示我是倒數第七名，雖然不是非常滿意，但勉強可以接受，至少我還「管」六個人！

大概發現了我的得意，阿導把矛頭指向我：「張紹輿，你好像很得意是嗎？看看你的成績，別的科目不說，單看數學，你考那樣的分數，對得起我嗎？數學是我教的耶！」

我低頭看，數學六十三分，不錯啊！至少有及格！

阿導又說：「我告訴你幾次了，跳舞不能當飯吃。你如果把花在跳舞的時間用來研究數學，就不會考那樣的分數了。」

說到跳舞，我還真倒楣，好死不死的被阿導遇過一次後，她有事沒事就拿這事當藉口嘲諷我，像現在就是！

「是呀！跳舞不能當飯吃，數學就能當飯吃嗎？像這次段考考的因式分解，我就不知道它要怎麼當飯吃！」我在心裡念著。

「如果成績不好，將來怎麼能考上好的大學……」

阿導還沒說完，我心裡立刻搶著說：「考上大學能當飯吃嗎？電視裡不是說，很多大學畢業生都找不到工作嗎？」

「把段考考卷拿出來，我們檢討一下。」同學拿出考卷後，阿導說：「第一題很簡單，把它們移項之後，發現可以用a^3-b^3這個定理處理……」

喔！原來這題可以用a^3-b^3來處理呀！那天考試時，我怎麼沒想到呢？還有，學了a^3-b^3有什麼用處？它可以當飯吃嗎……

2 快樂天堂

阿導很認真的帶著同學們檢討考卷，「這題很簡單，我們可以……」、「這一題並不麻煩，只要將它們移項……」足足講了一節課。

而我，因為才剛被阿導嘲諷過，厭惡感和排斥感作祟，「數學不能當飯吃」、「因式分解不能當飯吃」一直盤旋在腦子裡，「這題很簡單……」、「這一題並不麻煩……」我是有聽沒有懂，同樣的考卷讓我重考一次，大概還是六十三分吧。

忽然，我感覺教室裡起了一陣騷動，立刻回過神，左右張望一番，發現同學們都在整理書包，有些人甚至背了書包，站了起來。

喔！原來放學時間到了！我也趕緊把必須帶回家的東西放進書包，不須帶回家的物品塞進抽屜，隨手抓了書包，跟在同學後面走出教室。

「蔡麗香，你別走得那麼快，等我一下啦！」背後傳來一個女生的叫聲。

「你快一點嘛！不然我會來不及上補習班啦！」蔡麗香用她那做作的嗲聲答。

「好啦！我馬上就好了！」

聽到蔡麗香的聲音，我不屑的學起來，「你快一點嘛！不然我會來不及上補習班啦！」這一學，全身突然起滿了雞皮疙瘩！

說到蔡麗香，我就一肚子火，要不是她去向阿導告狀，我就不會被阿導嘲諷；沒有被嘲諷，阿導檢討考卷時，我就會專心聽，那些不能當飯吃的因式分解，我也許就會了，都是蔡麗香不好！

雖然學務處一再要求同學們放學時不要急、不要搶，要遵守秩序，但校門口還是一幅車水馬龍的景象，讓我有一種迷失在茫茫人海的感覺。

「我要去補習班了喔！拜拜！」蔡麗香那做作的嗲聲陰魂不散似的響起。

「好，那就明天見了喔！」

我回過頭，來個眾裡尋她千百度，終於在人群裡發現蔡麗香，她就在我後方不遠處，難怪聲音這麼明顯。

經過一番努力，終於擠出茫茫人海，我換了輕快的腳步往前走，但我不是要回家，而是到公園去報到。

說到補習班，國一上學期結束時，爸爸媽媽看到我成績單上的慘狀，曾經問我「你是不是讀不來」「要不要去補習班」如此一來，我在學校已經上了八節課，放學後還去補習班受罪，除非我頭殼壞掉；二來，我如果去補習班，下課都快天黑了，哪還有時間跳舞？最後，就算我去了補習班，其實也是浪費爸爸媽媽的血汗錢……

每當爸爸媽媽提到補習班，我就用「我還應付得來」「我只是沒努力而已」當藉口，一直到現在國二上學期第二次段考完，我依然在「我只是沒努力而已」的狀態中。

公園的邊邊角角、靠近街道的那一小塊空地，就是我報到的地方——這裡，可說是我的快樂天堂。

遠遠看過去，舞少和歐弟已經到了，兩個人正手舞足蹈著。

舞少名叫陳建安，是我國小同班同學，他們一家人都很會跳舞，他在家排行最小，我們本來叫他「舞棍少爺」，因為四個字太長，所以簡稱「舞少」。我之所以愛上街舞，就是受他的影響。歐弟本名歐宇悌，他本來是另外一隊的，因為那隊解散了，因此跳槽加入我們。

一看到我，舞少就說：「章魚（張與），幹麼臭著一張臉？沾到大便了呀？」

我以為我的臉已經放鬆了，伸手摸一摸，說：「有嗎？」

「當然有啊！是不是發生什麼事了？」舞少問。

既然藏不住，我就把不小心打到蔡麗香、她向阿導告狀、我數學考六十三分、被阿導嘲諷的事告訴舞少和歐弟，還忍不住多罵了蔡麗香幾句。

「章魚，不要亂罵喔！」歐弟笑著說：「說不定她將來是你老婆呢！」

我一聽，立刻作嘔的說：「哎喲！別折磨我了，還是留給你好了。」

「什麼東西留給你？我也要，留一些給我！」說話的是周猩猩——周猩猩本名周興華，他想像周星馳那樣被叫「周星星」，但我們故意叫他「周猩猩」，他是上國中以後，有一次看到我和舞少在跳，覺得好玩而加入的。

看到周猩猩不分青紅皂白什麼都要的樣子，我和舞少、歐弟忍不住笑了起來。

「章魚，你剛才說什麼東西要留給歐弟？」周猩猩問。

我還沒有回答，火哥皺著眉頭出現了，看樣子就知道，他一定又發火了。

「火哥，你今天怎麼這麼慢？」舞少問。

「剛才放學時，我們班有人推了我一下，我一把推回去，結果兩個人吵起來，就被班導留下來訓話。」火哥垮著臉說。

聽到火哥又和人起衝突了，我忍不住說：「早叫你去改名字了！你就是木頭太多，容易著火，才會動不動就發脾氣啦！」

聽了我的話，火哥看我一眼，嘴巴動了動，想說話，卻又沒說。

火哥本名林又森，也是我國小同班同學，他的名字有五個木，木容易著火，所以他常常動肝火、發脾氣，常常和人起衝突，勸他不下千百次，他卻依然故我，因此有了「火哥」這個綽號。

人到齊了，舞少拿出MP3和擴音器，一邊安裝一邊說：「為了準備段考，已經好幾天沒練了，骨頭都要生鏽了。兄弟們，上場囉！」

「等等！等等！」周猩猩叫；「你們還沒告訴我，什麼東西要留給歐弟呢！」

「你真的想要？」我問。

「當然要！」周猩猩答。

「爛攤子留給你，你要嗎？」我又問。

「爛……什麼爛攤子？」周猩猩反問。

「爛攤子還會有好東西嗎？笨哪！」歐弟白周猩猩一眼。

「那……還是不要好了。」

「好了，別說了，再說下去，天都黑了。」舞少制止後，下了音樂，前奏一出，舞少喊：「one two three four 起！」，「起」音一結束，五個人隨即動作一致的跟著音樂跳起來，跳得很起勁、很忘我。

「三、四，換動作！」舞少喊完，大家立刻變換動作——這塊邊邊角角的小空地，不僅是我的快樂天堂，也是其他四個夥伴的快樂天堂。

3 我的追夢計畫

坐在書桌前，我眼睛盯著桌上的書本，腦子卻整個放空，書本上的字我一個也沒看進眼裡。

忽然，敲門聲響起，接著傳來妹妹的喊聲：「哥，媽叫你出來吃飯了。」

「喔！馬上來。」我應聲後，用雙手手掌像洗臉那樣把臉「洗」了幾下，再拿鏡子看看，確定臉色很正常，才走出房間——我要表現出很自然、很居家的樣子，爸爸或媽媽才不會起疑，才不會問東問西。

餐桌上，爸爸、媽媽和妹妹都坐定了，就差我一個，我趕緊拉開椅子，一屁股坐下來，斜眼看爸爸夾菜了，我才端起碗、拿起筷子，開始吃晚餐。

過去的經驗告訴我，這個時候最好不要找話題講話，萬一引起爸爸媽媽的好奇，追問個不停，許多麻煩就會出現，所以我不停重複著夾菜、扒飯、咀嚼、吞下的動作。

吃著吃著，妹妹開口了：「爸，我跟你講喔，今天下午掃地的時候，我們班有一個男生用手打到我的背喔！」

我一聽，嘴裡的飯菜差點噴出來，一邊看著妹妹，一邊想：「怎麼這麼巧？竟然跟我的情節一模一樣！」

爸爸吞下嘴裡的食物，問妹妹：「那你怎麼處理？」

「他打得我很痛，我先凶他一頓，然後去告訴老師，結果他被老師責備，還要他向我道歉。」妹妹一副得意洋洋的模樣。

聽完，我忍不住又看妹妹，心想：「這……根本就是我的翻版嘛！天底下竟然會有這麼巧的事！」

「你處理得很好，這種情況下，我們絕對不可以還手，一還手，就跟著理虧了。」媽媽讚許的說。

我聽了，目光轉向媽媽。照媽媽的說法，蔡麗香去告訴老師也是對的囉！我有點不服氣，扒了一大口飯到嘴裡，用力咀嚼著。

大概發現了我的舉止異常，爸爸把臉轉向我，問：「紹輿，第二次段考應該結束了吧？」

我一聽，不但頭髮差點豎起來，還差點被嘴裡的飯噎到。我用力撐住，努力裝做泰然的樣子，繼續嚼飯，然後「嗯」了一聲。

「那……成績單應該也發了吧？」爸爸又問。

我繼續用力撐住，繼續努力裝做泰然的樣子，再「嗯」了一聲。

「拿來我看看。」

這次，我不必用力，也無須努力，只要移動雙腳回房間，把成績單拿來交給爸爸就行了。

爸爸接過成績單，本來是邊吃邊看，忽然，他眼睛定住了，也不咀嚼了，停了一下下，說：「喔！原來你是『戰國七雄』之一呀！還正好是第七雄呢！」

「戰國七雄？爸，什麼意思？」妹妹好奇的問。

「沒你的事，別問那麼多。」媽媽阻止妹妹。

爸爸把成績單還給我，老調重彈的問「是不是讀不來」「要不要上補習班」。我也重播著「我應付得來」「我只是不夠努力而已」。

爸爸看我一眼，說：「你這些話我已經聽了好多次了，可是我都沒見你應付得來呀！你如果一直這樣……低落下去，將來怎麼考高中？怎麼考大學？」

我深深吸了一口氣，再緩緩吐出，說：「爸，電視裡都說許多大學畢業生找不到工作了，為什麼還要考大學？再說，就算要考大學，也不一定要靠讀書呀！我覺得靠一技之長也可以上大學呀！」

「你哪有什麼一技之長？」爸爸盯著我。

「我……」

我還沒說完，媽媽立刻搶著說：「好了好了，吃飯時別講這些事，會消化不良的，有空再慢慢說。吃飯！吃飯！」

爸爸吸了一口氣，慢慢吐出後，拿起碗筷，繼續吃飯。我碗裡只剩一小口飯，通通扒進嘴裡後，放下碗筷，說了句「我吃飽了，你們慢吃」，就快步回到房間——我之所以快步回房間，是怕爸爸發脾氣，因為我從來沒有用這樣的口氣和他爭辯過。剛才看爸爸那吸氣、吐氣的樣子，應該是要發脾氣了，只是他忍住了。

為了避免和爸爸面對面，我一直待在房間裡，直到洗澡時間，才趁爸爸沒看到，快速衝進浴室，匆匆洗了個戰鬥澡，再快速躲回房間——我不太敢想，如果和爸爸面對面了，會是怎樣的情況。

睡覺前，我像平常那樣戴上耳機，隨著節奏明顯的音樂，來段睡前舞。跳著跳著，我感覺有人拉我衣服，心想會不會是爸爸，趕緊扯下耳機轉身看，原來是妹妹，我不悅的說：「你進別人房間，都不用敲門呀？」

「我敲了呀！你沒回應，我就自己進來了。」妹妹說。

沒有回應？對喔！我耳裡塞著耳機，只聽得到音樂聲，敲門聲都被掩蓋了。

「有什麼事嗎？」我緩和了口氣。

「我只是想問你……你以後真的不讀大學嗎？」妹妹張大眼睛。

「當然要讀呀！」我答：「只是我不想用讀書考試的方式去讀。」

「不考試怎麼讀大學？」妹妹的眼睛張得更大了。

這也難怪，妹妹才國小五年級，許多事都還不懂，也沒想那麼多。於是我拉她坐下來，低聲說：「我不是和幾個好朋友在跳街舞嗎？國中畢業後，我想去讀藝校舞蹈科，將來再考藝術大學舞蹈系。只要考上了，一樣可以讀大學呀！」

「啊！有這樣的方法呀？」妹妹一臉驚奇。

「有啊！我問過人家，也上網查過了。」我說。

「哥，可是你是男生，男生跳舞……」妹妹欲言又止。

「男生也是人，為什麼不能跳舞？」我糾正妹妹：「電視裡不也很多男舞者？我唯一要考慮的，是將來要怎麼靠跳舞生活。」

妹妹望著我，停了好一會兒，眼睛發著亮說：「哥，我好佩服你喔！你已經有了自己的夢想，而且還想得那麼遠！」

我笑笑說：「你也趕快找個夢

想呀！有了夢想，生活就會有目標喔！」

妹妹回了句：「好，我趕快去找夢想。」就滿意的離開了。

看著妹妹離開的背影，我在心裡得意的說：「是的，我早有了自己的夢想！改天，我要把我的夢想和爸爸媽媽分享，取得他們的認同……」

4 猩猩挨打

自從前兩天和爸爸起了小爭辯後，為了不想惹麻煩上身，我和爸爸玩起了王不見王的遊戲——能不和他面對面，就別和他面對面。

可是，不管我怎麼閃躲，有個場合卻閃躲不了，就是晚餐時間。我們家的晚餐，除非爸爸或媽媽其中之一出差，或是晚歸，否則一定是到齊才吃。就因為這個原因，即使我想閃躲，卻也無從閃躲。既然無法閃躲，那就勇敢面對！於是我秉持著以往不主動找話題講話的原則，並且悄悄加快了吃飯的速度，以減少和爸爸同桌相處的時間。

說也奇怪，這兩天晚餐時，除非妹妹或媽媽找爸爸講話，不然，他只是顧著夾菜、扒飯，一句話都沒說。

不是有句話說「沉默就是最好的回答」嗎？也許爸爸認為我說的「不一定要讀大學」、「靠一技之長」有道理，所以不說話了呢。啊！如果真的這樣，那就太好了！

我這樣說，其實是有依據的。像隔壁那個大姊姊，不知是找不到工作，還是根本沒出去找工作，大學畢業後，就一直待在家裡，每天養尊處優的結果，把整個人吃得白白胖胖的，媽媽就常常在爸爸面前數落她的不是。

還有巷口那間早餐店的老闆，他只有高職餐飲科畢業，當兵回來後，就開了那間早餐店，生意好得很，連媽媽都常常去買。以上這兩個例子，就是我「不一定要讀大學」、「靠一技之長」的理由。

放學後，夥伴們陸續來到邊邊角角那塊空地上練舞。

跳著跳著，舞少忽然喊：「周猩猩，你今天怎麼了？動作做大一點，你這樣小氣巴拉的跳，動感都不見了啦！」

我也覺得周猩猩今天很奇怪，只要出現手部的動作，他不是張不開，就是舉不高，一副放不開的樣子。儘管舞少已經提醒他了，他依然像沒聽到似的張不開、舉不高。

舞少一邊跳，一邊靠近周猩猩，伸手把周猩猩的手拉高。才一拉，周猩猩猛的叫了聲「哎喲」，右手掌立刻摸著左手臂膀，痛苦的蹲下來。

舞少一看，緊張的說：「我把你拉傷了嗎？對不起，我不是故意的，我只是想叫你動作大一點。」

周猩猩繼續摸著臂膀，齜牙咧嘴的說：「不是你，是我本來就受傷。」

「昨天不是還好好的嗎？你什麼時候受傷的？」我問。

周猩猩停了一會兒，才娓娓的說：昨天練完舞後，他在路上耽擱了一陣子，回家後，他爸爸罵他一頓，他回了兩句，他爸爸脾氣一發，順手抓起掃把就往他臂膀打下去，他就受傷了。

「你爸……又喝酒了？」舞少問。

「嗯！」周猩猩點點頭。

「都知道他喝酒了，你就閃開呀！」說著，我順便把和爸爸玩王不見王的遊戲告訴他們。

「我爸就坐在門口等我，我怎麼閃？不要回家呀？」周猩猩瞪了我一眼。

坐在門口……哎！說的也是，的確沒得躲，除非周猩猩不回家！

知道周猩猩被他爸爸打，大家都很想安慰他，但又不知該安慰些什麼，話也不說了，默默陪著周猩猩發呆。

我們五個人當中，周猩猩家算比較弱勢，他媽媽離家出走，爸爸靠打零工維生，又喜歡喝酒，喝了酒就會打人，周猩猩常常當他的出氣包。從我們認識以後，這種事情經常發生，次數多到我們都不知該怎麼安慰周猩猩。

忽然，舞少想起什麼的說：「對了！說件輕鬆的事。你們想不想參加比賽？」

聽了舞少的話，大夥兒不約而同的看向舞少，有的盯著他看，有的問「什麼比賽」。

舞少說：「昨天我爸告訴我，縣政府教育局要在聖誕節那天舉辦一項中學生熱舞比賽，分高中組和國中組，我爸建議我們去參加。」

聽到舞少說比賽，大家精神忽然一振，周猩猩也忘了臂膀的疼痛，跟著你一句、我一句的討論起來，而且都興致勃勃的表示要參加。

舞少說：「我爸還建議，舞蹈中要加上一些高難度動作，比較能吸引裁判的注意，提升加分效果。」

「那還不簡單！你爸很會跳舞，麻煩他幫我們設計嘛！」歐弟說。

「不行啦！」舞少說：「我爸他們跳的是國標舞，和街舞不同。他建議我們自己設計，才會有創意，也比較能掌握技巧。」

「那……要設計什麼動作呢？」火哥說。

「對呀！我都是跟著你們跳的。」周猩猩說。

「我也是。」歐弟說。

我喜歡跳街舞，平常電視裡有人跳，我都會特別留意，也記了不少特殊動作，看到夥伴們傷腦筋的樣子，我從記憶庫裡找了找，說：

「我想到了！我們可以加上『大風車』的動作！」

這次，換其他四個人轉向我，有的盯著我看，有的問「怎麼加」。

「我們選一個人在地上翻轉做『大風車』，其他人站在四周，『大風車』的腳轉到哪個人，那個人就跳趴到地面做『海豚跳』。『大風車』一直轉，『海豚跳』一直輪流跳，配合得好，就會像波浪那樣起伏。」我說。

「嗯！聽起來好像不錯！」

「用想像的好像很美！」

「做得好，一定可以拿高分。」

「那……誰來做『大風車』呢？」

聽到「誰來做『大風車』」，大家又開始我看你、你看我，看了好一會兒，都沒有結果。我只好說：「好啦好啦！意見是我提的，就我來啦！我在電視裡看過，也曾經試過，就由我負責啦！你們也要把『海豚跳』的動作練好喔！」

就這樣，高難度的動作設計好了，我們也信心十足的決定報名參加比賽。

解散後，我和周猩猩一邊走，一邊聊。我把我的夢想和未來計畫說給周猩猩聽，建議他一起來築夢、追夢。周猩猩聽了，沉思了好久，說他會列入考慮。

和周猩猩道別後，我一直望著他離去的背影，腦海裡也一直浮現他被他爸爸打的影像。畫面忽然一換，打人的變成爸爸，被打的變成我……哇！好可怕呀！

5 大風車

為了練好「大風車」，我上網搜集了一些影片，看看別人是怎麼轉的，一邊揣摩，一邊練習。不過，事情用想像的，似乎都很簡單、很美好。實際做起來，就不簡單、不美好了。

我發現：做「大風車」要有很強的臂力，才能把身體撐起來。還要有很好的腰力，才能把身子挺在空中。這兩種力我都沒有，所以做起來十分辛苦，十分吃力，但為了團隊著想，我還是努力的練，才一、兩天而已，我的腳已練得傷痕累累了。

昨天晚上，我在房間的地板上練習。第一次因為空間太窄，我沒控制好，身子剛轉到空中，就撞到椅子，骨頭和木頭相撞的結果，當然是骨頭吃虧。我咬牙切齒的忍了好久，痛感才消失。

第二次是我腰力不夠，挺不起身體，重心一偏，下半身就倒在書桌上，除了痛入骨髓，還把杯子撞到地上摔破了。幸好沒人聽到破碎聲，不然……

下午打掃時間，我拿著掃把正在地上「比畫」，阿導出現了，我裝做沒看到，埋頭用力的掃。忽然，阿導的聲音傳來，「張紹輿，你過來一下。」我以為我又怎麼了，停下掃地動作，惶恐的來到阿導面前。

阿導指指我的腳，低聲問：「你的腳上怎麼有那麼多瘀青？是不是被……你家人……打了？」

我低頭看，腳上的確有不少瘀青，不過那是我練「大風車」摔出來的。

最近，又是霸凌、又是家暴、又是性騷擾……一大堆的防制法，把老師和同學都弄得超級敏感、神經兮兮的，只要看到身上有傷，就以為被怎麼了。

我趕緊解釋：「老師，不是被打啦！是我……」我本來想說「跳舞」，但這麼

說一定又會被阿導念，立即改口：「是我……踢足球被踢到的。」

阿導看看我，信以為真的說：「喔！踢足球踢的呀！下次小心點。」

看到阿導那副「純真」的樣子，我忍不住在心裡偷笑。幸虧阿導是女生，不喜歡運動，不然，誰都看得出踢足球怎麼可能踢出這樣的瘀青？

阿導和我講話的時候，蔡麗香遠遠的看著，一副幸災樂禍的模樣。我猜，她一定以為我又做了什麼「壞事」，又被阿導責備了吧！

哈哈！不好意思，如果蔡麗香真的這樣以為，她就大錯特錯了，這次阿導是關心我……不，是關心我腳上的瘀青——如果我腳上的瘀青真是遭到家暴而來，阿導沒有往上報，她就會有責任！

終於上完了第八節課，我夾在人群中，穿過校門口那片茫茫人海，往前走一段路，來到我和夥伴們的會合之地。

「喂！你們看！我兩隻腳上都是『大風車』留下的勳章！」我獻寶的說。

歐弟看了我的腳，立刻往我面前一站，一本正經的行了個舉手禮。

「歐弟，你幹麼？」我不解的問。

「行最敬禮呀！」歐弟煞有其事的答：「你算算看，這兩隻腳上的勳章加起來比一個將軍還多，它是這麼的功業彪炳，當然要向它敬禮啦！」

火哥和周猩猩一聽，也往我面前一站，有樣學樣的敬了個禮。

舞少說：「章魚，你如果練不起來，就別練了，我們重新設計動作吧！」

「再讓我練幾天看看，真的不行，我們再重新設計。」我說。

「章魚，你爸爸、媽媽沒發現你腳上的瘀青呀？」周猩猩問。

「沒有，不過我們阿導發現了，剛才掃地時，她還把我叫去問呢！」我說。

「她問你什麼？」舞少問。

「問我是不是被打了。」

「真的喔！你們阿導多關心你呀！」

「屁啦！少來了！」

一陣屁來屁去之後，大夥兒開始練舞。這次，我要他們練習設計的動作──我做「大風車」，他們做「海豚跳」。雖然我練了一、兩天了，不過真的不行，不是手臂無法撐起身子，就是重心偏到一旁，試了幾次後，我已經摔得灰頭土臉，都沒有一次成功，最後只好悻悻然的結束。

回到家，正要進房間，妹妹像受了驚嚇似的在我背後大叫：「哥！」

我連忙轉過身，問：「你怎麼了？」

「不是我，是你！」妹妹指著我的背說：「你背後怎麼都是泥土？」

我脫下衣服看，果然有一大片黃黃的泥土，應該是剛才在公園練「大風車」時沾上的。我拿到浴室，用水沖了沖，然後丟進洗衣機裡。

餐桌上，爸爸、媽媽、妹妹和我分坐在四邊，妹妹一邊吃，一邊嘰哩呱啦著，爸爸和媽媽輪流嗯嗯啊啊的應著，我還是秉持以往不主動找話題講話的原則，靜靜的吃著飯。

忽然，爸爸清了一下喉嚨，說：「紹輿，我想聽聽你……將來有什麼打算？」——爸爸終於開口了，他大概忍了很久，受不了了。

「就……國中畢業考高中，高中畢業考大學呀！」我淡定的說。

「嗯！」爸爸看我一眼，點點頭。

「不過……我不想考一般的高中和一般的大學……」我還沒說完，爸爸停止吃飯，像定格那樣盯著我看。我吞了一口口水，繼續說：「我想考有一技之長的高中和大學。」

「有哪一種一技之長的高中和大學？」爸爸問。

我斜眼看看爸爸，說：「我……我還沒學好，等我覺得差不多了，就會告訴你們。」

「先說來聽聽嘛！」

「爸……」妹妹忽然開口了，我怕她說出我的祕密，趕緊朝她

「喂」了一聲，然後瞪瞪她，暗示她別亂說。

我匆匆忙忙把碗裡的飯扒光，說：「爸，你放心，我指的一技之長絕對不是壞事，等我練好了，自然會告訴你。」然後放下碗筷，說了句，「我吃飽了，你們慢吃。」就起身離開。離開時，沒忘了再瞪妹妹一眼，暗示她別亂說。

睡覺前，我忙著整理明天要帶的書本，媽媽進來了，口氣神祕的問我：「紹興，你是不是和人家……怎麼了？」

「我？沒有呀！你怎麼這樣問？」我反問媽媽。

媽媽說：「我剛才要洗衣服時，發現你的衣服後面很髒，以為你跟人家……打架。」

「媽，那是……是在學校幫老師抬東西弄髒的啦！」我撒了個謊。

媽媽聽完，「是這樣就好！唉！你越大，就離我們越遠了。」一面說著，一面開門走出去。

「真的嗎？真的像媽媽說的這樣嗎？」我望著媽媽的背影……

6 假日

爸爸抱著妹妹，和媽媽並肩走在前方，我在後頭跟著。他們的步伐大，走得快；我的步伐小，走得慢，半走半跑的緊追著。忽然一個不小心，我掉進了路旁的水溝裡，爸爸媽媽沒發現，依然自顧自的向前走。我大聲的喊：「爸！媽！救我！」但他們絲毫沒聽到，繼續往前走。

眼看他們離我越來越遠了，我害怕的放聲大哭。這一哭，把我哭醒了，張眼一看，上方是熟悉的天花板，周圍是熟悉的牆壁，剛才那嚇人的一幕，原來是南柯一夢！

雖然是一場夢，摸摸眼角，還真的流下鹹鹹的淚水呢！做夢竟然可以做到真的流淚，算是很特別的事吧！

怎麼會做這樣的夢呢？我想，應該跟昨晚媽媽說的那句「你越大，就離我們越遠了」有關吧！昨天晚上，我躺在床上，反覆想著這句話，也一直想著真的有和爸爸媽媽越來越遠嗎？想著想著，不知不覺睡著了，就做了這個夢。

夢裡，是爸爸媽媽離我越來越遠，而不是我離他們越來越遠呀！

從浴室盥洗出來，正好遇到手裡抱著被單的媽媽，她說：「紹輿，等一下我要和爸爸去大賣場買東西，你和妹妹在家。我會在洗衣機裡洗被單，洗好脫水後，你拿到頂樓晒。」

「好。」我邊答邊點頭。

「還有！」媽媽又說：「記得要用夾子夾好，才不會被風吹落到地上。」

「好。」我邊點頭邊答。

照理說，週休假日應該是放假休息的日子，爸爸媽媽卻依然不得閒。

我們家是雙薪家庭，平常爸爸媽媽要上班，像採買、洗被單這樣的事，只能留在假日進行，因此，當他們交代我做事的時候，我只有一個回答——好，這是我從小被訓練的，直到現在，都沒改變。媽媽說我離他們越來越遠，會不會太誇大其詞了？

爸爸媽媽出門後，我想知道被單還要洗多久，走近洗衣機看，天啊！我差點暈倒！儀表板上的洗衣時間顯示「54」，意思是還要洗五十四分鐘！洗被單需要花這麼多時間嗎？還是媽媽故意設定的？

我和舞少他們約好上午要去公園練街舞，等被單洗好，都已經遲到了，該怎麼辦呢？對了！交給妹妹吧！她已經五年級了，晒被單對她來說，應該不是難事。可是……這工作是媽媽交付給我的，我若推給妹妹，被媽媽知道了，後果一定很慘！

欸！有了！重新設定洗衣時間！我靠到洗衣機旁，伸出手指，看著儀表板上的按鈕，卻不知要從哪個鈕下手。想了又想，我的結論是——乖乖等被單洗好！

每隔一段時間，我就走近洗衣機，看看還剩多少時間。很奇怪，時間好像跟我作對似的，越看，它就走得越慢。等著等著，我忍不住抱怨起來：我就是擔心媽媽找我做事，才和舞少他們約在今天。媽媽為什麼昨天不洗，偏要留到今天洗？

不知過了幾個世紀，洗衣機發出「嗶嗶」的聲響——終於洗好了。

我打開洗衣機，把被單通通抓進衣籃裡，三步併做兩步的衝到頂樓，一件一件晾好後，想到媽媽說的「要用夾子夾好」，轉身拿夾子，發現夾子沒帶到，又三步併做兩步的下樓拿，再兩步併做一步的上樓夾。下樓後，跟妹妹交代一聲「我出去找一下同學」，就快馬加鞭的衝出門。

來到公園邊邊角角那塊空地，舞少、歐弟、火哥和周猩猩汗流浹背的坐在地上休息。一看到我，火哥不高興的說：「我們都要結束了，你來做什麼？」

歐弟說：「我們是跳舞跳到滿身大汗，你什麼事都沒做，怎麼也滿身大汗？」

「誰說我什麼事都沒做？」我邊喘氣邊說：「我可是洗了被單、

晾了被單，還樓上樓下跑了好幾趟呢！」——我把詳情說給他們聽，希望獲得諒解。

「既然是幫忙做家事，就不跟你計較了，原諒你。」舞少說。

「幸好我們約在今天，如果是昨天，我也沒辦法來。」周猩猩說。

「為什麼？」我問。

「昨天一早，我就被我爸叫起來，跟他一起去工地幫忙。」周猩答。

「啊！你也去做苦工呀！」我忍不住驚叫。

「還好啦！搬磚塊而已。」周猩猩攤開他的手：「你們看，我手都磨破了。這還沒關係，連工錢都被我爸拿去了，他說，存在他那裡。」

「存在他那裡給他……喝酒。」歐弟半開玩笑。

「喝就喝呀！我的學費不都是他付的？」周猩猩率性的說。

「好了，既然章魚來了，我們就再練個一兩次吧！」

舞少說完，大夥兒動作一致的站起身子，跟著音樂舞動起來。

舞著舞著，我發現一張熟悉的臉孔看向我這裡，是蔡麗香，她雙手推著一張輪椅，輪椅上坐了個白髮皤皤的老婆婆，停在十幾公尺外的步道上，「應該」是在看我跳舞吧！

「不是冤家不聚首」，想不到會在公園裡遇到蔡麗香，輪椅上那位老婆婆應該是她的奶奶或外婆吧——她竟然會推奶奶或外婆到公園裡散步、晒太陽，真是一個……孝順的女孩呀！和平常在學校那個恰北北的蔡麗香截然不同！

看蔡麗香目不轉睛的盯著我，我猜，她應該覺得很驚訝。平常，她只能在教室裡聽阿導嘲諷我、念我「跳舞不能當飯吃」，現在，終於親眼目睹我跳舞的英姿了，不知道她是崇拜？羨慕？還是忌妒？

不久，音樂停止，舞也結束了。我再向蔡麗香停留的地方看去，蔡麗香和輪椅上的老婆婆都不見了人影，少了炫耀的機會，突然間，我有一種失望的感覺。

發現我望著遠處發呆，舞少推了我一下，問：「章魚，你在看什麼？看得那麼入神？」

「沒……沒有啊！」我有點失措的答。

「你的『大風車』還行嗎？不行的話要早點說喔！」舞少提醒。

「嗯！我再試試看。」

解散後，我沒有多作停留，三步併做兩步的往家的方向直奔。到家後，沒看到爸爸媽媽的影子，問了妹妹，才知道他們還沒回來。

「他們到底買什麼，竟然買了這麼久？」念頭一轉，我又想：「還沒回來也好，省去我一次動腦筋、編理由的困擾。」

剛想完，開門聲響起，爸爸和媽媽的聲音傳來——他們回來了……

7 啵的一聲

又是一個星期的開始。

在休息了兩天之後，星期一應該是充滿活力與動力的，可是我因罹患了「週休二日症候群」，除了午餐時短暫出現活力與動力，這一整天，我就像得了雞瘟似的無精打采，上了哪些課、老師教了些什麼，我一點印象也沒有。不！有一節我有印象，就是下午第二節的體育課，老師讓同學們打籃球，打得很盡興！

打掃時間，我的活力與動力再次出現——掃完地、上完第八節課，又將是我的天下，尤其第八節是國文課，國文老師很幽默，不像阿導，總是給我一種喘不過氣的壓迫感。

我揮動掃把，像寫大字那樣在地上「比畫」，兩三下之後，周圍已是一片煙塵瀰漫，這時，「張紹輿，你掃那麼大力做什麼啦？」在背後響起。

我轉身看，後面只有蔡麗香一個人，除非我白天見鬼了，不然說話的就是她。我沒理她，一面「我喜歡，你管得著？」的想，一面繼續在地上「比畫」。

「張紹輿，昨天我有看到你在公園裡跳舞耶！」蔡麗香接著說。

「我知道你有看，而且看了很久呢！」我心裡這樣想，嘴裡只淡淡的「喔」了一聲。

「我覺得……你跳得很棒、很有動感。」蔡麗香又說。

哦！是嗎？上次還因為你告狀，阿導嘲諷我「跳舞不能當飯吃」呢！我心裡這麼想，嘴裡輕描淡寫的回了句，「還好啦。」

蔡麗香看我愛理不理的，大概不想再熱臉貼冷屁股，低頭掃地，不再出聲。看到蔡麗香那副吃驚的模樣，我覺得很有快感，忍不住在心裡哈哈大笑，但畫面一換，想到她推老婆婆的樣子，我心裡的笑聲停了……

第八節課，國文老師來了後，整頓好秩序，開始上課：「我們繼續講〈愛蓮說〉這一課。〈愛蓮說〉其實就是『說愛蓮』的倒裝句，旨在描寫作者喜愛蓮花的原因……」

老師還沒說完，有同學問：「老師，既然是倒裝句，作者直接寫『說愛蓮』就好了，幹嘛寫〈愛蓮說〉？這樣不是多此一舉嗎？」

老師看看發問的同學，點點頭說：「嗯！你的問題很好。就我的查證，作者的太太名叫愛蓮，他寫這篇文章，其實是寫他太太，如果寫『說愛蓮』，怕會被人笑，所以故意改成〈愛蓮說〉。」

「真的嗎？」同學們異口同聲問。

老師看看大家，淡定的說：「以上內容，純屬虛構，如有雷同，實為巧合。」

接著，教室裡一片譁然——看！這就是國文老師！如果阿導的數學也這樣上，我的分數應該不止六十三！

放學了，我像往常那樣穿過校門口那片茫茫人海，來到公園的空地上，和夥伴們一陣嬉笑怒罵之後，音樂聲一響，五個人就跟著跳起來。

經過我這些日子的苦練，「大風車」偶爾可以成功個一、兩次了。跳了兩回合後，我要夥伴配合我，一起練「大風車」。第一次，我手掌撐地板的方式不對，沒有把身體挺起來。第二次，終於把身體撐起來了，因為臂力不夠，又倒了下來。

舞少說：「章魚，你如果真的不行，那就算了，我們及早重新設計動作吧！」

「我在家有練成幾次，來，我們再試一次。」

這次，為了證明我真的有練成，我使盡吃奶的力氣，雙手掌扶著地面，彎著臂膀把身體挺在空中。忽然「啵」的一聲，肩膀一陣劇痛襲來，我「哎喲」叫了一聲，身體就倒了下來。

「章魚，你怎麼了？」大家異口同聲問。

「我……我肩膀……好痛！」我忍著說。

「是不是脫白了？」

「會不會……骨折了？」

「現在該怎麼辦？」

夥伴們的你一句、我一句，我完全沒理會，我只覺得肩膀好痛、好痛……

回家後，我沒管妹妹在做什麼，逕自進到房間，拿噴氣式酸痛藥水往肩膀噴，一陣涼涼、刺刺、熱熱之後，痛感才稍微舒緩些。

晚餐時，我的肩膀依然很痛，痛到沒辦法拿筷子，只好改用左手拿湯匙吃。媽媽發現了，問：「紹輿，你為什麼用左手吃飯？」

「我……呃……和同學打賭，要用左手吃……三天飯。」我支支吾吾的說。

媽媽聽了，斜看我一眼，說：「真搞不懂你們，連這個也可以賭！」

「那是因為……好玩嘛！」我心虛的說，順便瞄了瞄爸爸，只見

他毫無表情的吃著飯，我怕他會突然蹦出一句讓我無法招架的話，加快速度、笨拙的把碗裡的飯送進嘴裡，說了「我吃飽了，你們慢吃」，就倉皇的躲回房間。

洗澡時間到了，我先試著把上衣脫掉，可是肩膀很痛，痛到連動一下都不行，別說脫上衣了。我悄悄把妹妹叫進房間，告訴她我肩膀痛，請她幫我的忙。

脫完後，妹妹問：「哥，你肩膀怎麼了？」

「剛才練舞時受傷了，可能是脫臼，也可能是骨折。」我說。

「那不是很嚴重嗎？要不要告訴爸爸媽媽？」妹妹張大眼睛。

「不要！不要告訴他們！也許明天就好了。」我阻止妹妹。

在妹妹的協助下，我忍著痛脫去了上衣，趁著爸爸媽媽沒看到，打著赤膊衝進浴室，用最快的速度單手洗完澡，再打著赤膊衝回房間，拜託妹妹協助我把上衣穿上。

「哥，我覺得你很真的很嚴重，真的不要告訴爸爸媽媽嗎？」妹妹問。

「我說了不要嘛！你如果告訴爸爸媽媽，我會……很生氣喔！」我忍不住大聲說，但想到妹妹的熱心，我實在不忍，心忽然一軟，改口說：「好啦好啦！算我拜託你啦！不要告訴他們啦！」

妹妹沒說話，像媽媽那樣斜看我一眼，就開門出去了。

妹妹出去後，我又感到肩膀好痛，拿噴氣式酸痛藥水往肩膀噴了又噴後，往床上一躺，希望能「睡著了就不痛」。但不管我用什麼姿勢躺，肩膀還是很痛，痛到我額頭冒汗，痛到我坐立難安，痛到我站起身子，打算去找爸爸媽媽……可是又一屁股坐下！

8 麻煩製造者

一整個晚上，我因為肩膀疼痛而輾轉難眠，幾次好不容易快睡著了，卻又立即被痛醒——這大概是我有生以來所經歷最痛的一次！

早上，我準備換衣服上學，才發現昨天還稍微可以動的肩膀，今天幾乎動彈不得，實在沒辦法，只好再悄悄把妹妹叫進房間，拜託她協助我換衣服。

聽我「哎喲」「哎喲」的叫著，妹妹說：「你不是說也許今天就好了嗎？好像更嚴重了呢！」

「我是說『也許』呀！也許表示只有一半的機會嘛！」我忍著痛解釋。

「哥，我覺得……還是告訴爸爸媽媽，請他們帶你去看醫生吧！」妹妹建議。

「不要！不要告訴他們！萬一他們……」

這時，媽媽「出來吃早餐」的叫聲傳來，我立刻推著妹妹走出房間。

我用左手拿湯匙，靜靜吃著，爸爸媽媽也是默不出聲，只有妹妹，她嘴裡吃著東西，兩隻眼睛轉呀轉的，一會兒看我，一會兒看爸爸媽媽，一副隨時會蹦出話來的樣子。我怕她真的蹦出話來，尤其是關於我肩膀受傷的事，所以不停的瞄她，用眼神暗示她別亂說。

匆匆吃了早餐，為了避免露出什麼蛛絲馬跡，我背了書包，比平常提早出門上學。進到教室沒多久，媽媽突然出現在走廊上，招手叫我出去。

看到媽媽，我愣了一下，「她不用上班嗎？她來學校做什麼？」一面這樣想，一面走出教室。

「媽，你來學校做什麼？」我訝異的問。

媽媽看看我，說：「剛才妹妹告訴我，說你的肩膀受傷，很嚴重。」

什麼！媽媽知道了！妹妹竟然告訴她了！這個……的傢伙！

「我……只是受了……一點小傷啦！」我低聲說。

「哪一邊肩膀受傷？」媽媽問。

我用左手指著右邊肩膀，說：「這……這邊。」

媽媽看了，伸手拉我的右手，才一拉，就是一陣劇痛，我忍不住

「哎喲」的叫起來。看了我的樣子，媽媽口氣不好的說：「都痛成這個樣子了，還說小傷！去向老師請假，我帶你去看醫生啦！」

看醫生？太好了！不然，我真的忍不住了，也真的不知該怎麼辦。我帶媽媽找到阿導，填了外出單，請了假，讓媽媽帶我去就診。

進到一間國術館，媽媽向師父說明我受傷的部位，請師父幫我治療。師父看了我的肩膀，問了我是怎麼受傷的，再用手指頭按了按我痛的地方，對媽媽說：「你先帶去照X光，看骨頭有沒有裂。」

「還要照X光呀？」媽媽問。

「當然要啊！」師父說：「如果骨頭沒有裂，只是傷到筋，推一推，就可以『喬』回去。如果骨頭裂了，還去推它，就會越來越嚴重。」

「用摸的……摸不出來嗎？」媽媽問。

師父笑笑說：「我如果摸得出來，那些X光機器不就可以作廢了？」

媽媽聽了，知道非照不可，又載我來到一間檢驗所。照了X光，在等片子的時候，媽媽問：「告訴我，你是怎麼弄傷肩膀的？」

怎麼弄傷的？就練「大風車」的時候弄傷的呀！但我嘴巴閉得緊緊的，一句話也沒說。

看我沒出聲，媽媽接著說：「看看你，都幾歲的人了，受了傷自己不講，還要透過妹妹講，你丟不丟臉呀？」

講！我哪敢講？真要講了，不是要挨一頓責罵嗎？我像自言自語，又像講給媽媽聽的說：「我叫妹妹不要講，是她自己要講的。」

媽媽一聽，狠狠瞪我一眼，說：「照你這麼說，是妹妹的錯囉？她把你受傷的事告訴我，是她不對囉？她關心你耶！你怎麼可以怪罪給她？」

「我……我又沒有這麼說！」我趕快辯解。

「可是你話裡有這個意思呀！」

我……哎！是啦是啦！反正怎麼說都是我不對，講與不講也都是我的錯！在這種情況下，我最好三緘其口，以免禍從口出！

不久，片子好了，媽媽拿了後，又載我回到剛才那間國術館。師父接過片子，仔細看了又看，說：「骨頭沒有怎麼樣，應該只有傷到筋而已，推一推，把它『喬』回去就好了。」說完，叫我把上衣脫掉。可是我的肩膀痛得很，根本沒辦法自己脫，這次，換媽媽幫我脫了。

師父用他的噴氣式藥水噴在我肩膀上，然後左手拉住我的右手腕，右手指在我肩膀上推了起來。不知他用了多大的力氣，就算沒有用力，我只有一個感覺，就是痛，痛得我咬牙切齒，痛得我尿都快擠出來了，一直喊「等一下！等一下！我受不了了！」「停停！讓我休息一下！讓我休息一下！」

看我真的受不了了，師父停下來，讓我喘口氣。不一會兒，師父看我應該「可以」了，又在我肩膀上推、揉、抓的，我也再一次上演呼天搶地的戲碼！最後，師父在我肩膀貼了藥膏，交代了換藥時間和注意事項，就放我一條生路了。

「你這叫做『討皮痛』。誰叫你要把自己弄傷，活該！」媽媽說著風涼話。

什麼叫做「把自己弄傷」？天底下會有人笨到把自己弄傷嗎？我嘴巴閉得緊緊的，一句話也沒說。

「你看看！為了帶你看醫生，害我請了半天假，全勤獎金泡湯了，你真是個麻煩製造者！」媽媽繼續念。

拜託！我受傷是妹妹告訴你的，要請假也是你自己……嗯！這麼說似乎太超過了，要不是媽媽請假帶我看醫生，我可能會越來越嚴重呢！好，這句話我就收回來，當我沒說！

回到校門口，媽媽把我放下來，交代我要小心一點，別再弄到受傷的部位，就騎車離開，騎沒多遠，還回頭看我一眼。

看著媽媽越騎越遠，人越來越小，我突然覺得很對不起她，要不是為了帶我看醫生，她就不用這樣來回奔波，全勤獎金也不會泡湯。我也很後悔，後悔剛才在心裡對她碎碎念。

忽然間，我眼眶熱了，鼻子酸了……

9 受傷之後

由於肩膀受傷，手臂還吊著三角巾，打掃時，阿導特別通融我不用掃。這是阿導第一次對我這麼有愛心，我都快感動得痛哭流涕了！不用掃地，多好呀！如果我天天受傷，那就……呸呸呸！我怎麼會笨到用身體受傷來換取不用掃地？真是蠢到了極點！

雖然不用掃地，但我還是出現在外掃區。

蔡麗香低著頭，專心的在地上「比畫」。我以為她會來問我「張紹興，你的手怎麼了」，可是一直沒有。我猜，大概是上次被我的冷屁股貼了熱臉，她不想再自討沒趣吧！

第八節是阿導的數學課，上次段考，因式分解只考了一半，因此繼續講因式分解。那些不能當飯吃的因式分解依然無法引起我的興趣，一整節課，我是「人在教室心在外」。

放學後，我又淹沒在校門口那片茫茫人海裡。以往，我是像無頭蒼蠅般的鑽過來、鑽過去。今天，我卻是小心翼翼、如履薄冰般的前進，因為我怕被人撞到受傷的肩膀，我也不想再體驗那深入骨髓的痛楚。

來到公園那塊空地，舞少他們看到我手臂吊著著三角巾，立刻湧過來，七嘴八舌的說：

「章魚，你好像傷得很嚴重喔！」

「你傷到什麼地方了？」

「想不到這麼嚇人！」

……

等他們停止七嘴八舌後，我統一答：「還好沒傷到骨頭，只傷到筋。國術館師父把它『喬』回去了，只要休息個三五天就會好。」

「『喬』的時候一定很痛吧？」歐弟問。

「當然痛呀！不過……不過我都忍住了。」我死要面子的說。

「這樣的話，你的『大風車』不就沒辦法練了？」舞少說。

我點點頭，說：「對呀！所以我們重新設計動作吧！」

「咳！嗯……那個……不用重新設計啦！」周猩猩忽然說：「上次章魚說要做『大風車』後，我有偷偷練，而且……都成功了。章魚不能做，我來做，不用重新設計啦！」

聽了周猩猩的話，大家不約而同看向他，異口同聲問「真的假的」。周猩猩看大家不信，往地上一趴，隨即表演起來。他做得很輕鬆，不管是旋轉，還是挺身，絲毫不費吹灰之力，搬磚塊的手臂果然不是蓋的！

「你早說嘛！這樣我就免受一次痛了！」我瞪著周猩猩。

「是你說要練的，我不好意思跟你搶嘛！」周猩猩不好意思的說。

舞少拍拍手，說：「太好了！這樣就不會浪費時間了，只要我們配合得好，就會有好成績，大家加油！順便告訴你們，我已經報名了，我們的隊名是『舞街少年隊』，因為我們是在街頭跳街舞的少年！」

「舞街少年隊！很棒呀！」

「在街頭跳街舞的少年！很恰當呢！」

「我喜歡舞街少年！」

……

回到家，妹妹在客廳裡看電視，看到我進門，她立刻把目光從電視移到我身上，一副害怕我責備她把我受傷的事告訴媽媽的樣子。我先假裝沒事，等走到房間門口，猛的一個轉身，指著妹妹說：

「你……」

我還沒說完，妹妹立刻搶話：「你不可以怪我！我是看你傷得很嚴重，痛得受不了，才告訴媽媽的。我是為你好，你不可以怪我！」

「我沒有說要怪你呀！我是要謝謝你告訴媽媽，她才會帶我去看醫生。」接著我玩心突起：「謝謝你……的雞婆！」

聽到「雞婆」，妹妹隨手把她懷裡的抱枕向我丟來，不過還沒丟到我，就提前落地了。我得意的笑一笑，轉身進房間。

晚餐時，我依舊用左手拿湯匙，靜靜的吃。妹妹像平常那樣，一邊吃，一邊嘰哩呱啦個不停。爸爸媽媽也是一如往常的「嗯嗯啊啊」的應著妹妹，對於我肩膀的傷，沒人提隻字半句。

「沒人提最好，不然這餐飯不知該怎麼吃！」我心裡慶幸著。

在媽媽的協助下——是她主動協助的，我脫了上衣，洗了個沒壓力的澡，又在媽媽的協助下，我穿了上衣。說沒有壓力，還是被媽媽這邊念、那邊念的念個不停，所以壓力還是有的——耳朵的壓力。

坐在書桌前，我望著桌上的書本神遊。忽然傳來「砰砰砰」的敲門聲，我開了門，眼前站的是爸爸。看到爸爸，我愣住了。

「我可以和你聊一聊嗎？」爸爸問。

「可……可以呀！」我邊說邊讓爸爸進來——他說要和我聊，不知要聊什麼？

「妹妹說……你的肩膀是跳舞時受傷的。我想知道……是跳什麼舞？怎麼受傷的？」爸爸說。

我很含蓄的把我和舞少他們跳的街舞，以及受傷的經過說給爸爸聽。

「喔！是街舞呀！」爸爸點點頭：「聽說跳街舞的都是一些……」

我知道爸爸要說什麼，立刻搶說：「爸，那是一般人錯誤的看法！跳街舞的人雖然有時會奇裝異服，看起來像不良少年，那只是舞臺上的妝扮，不是真的！」

「喔！只是妝扮，不是真的。」爸爸沉默了一會兒，又問：「你那天說的一技之長指的是……」

「跳街舞！」我說：「我想用跳街舞的專長考藝校舞蹈科，畢業後，再考藝術大學舞蹈系，這樣也可以讀大學。」

「喔！原來你都計畫好了呀！」爸爸說。

「是！只是我覺得時機還沒成熟，所以沒有告訴你。」我說。

爸爸看看我，沉思了好一會兒，又開口：「雖然你已經計畫好了，但我是你爸爸，我想說一下我的想法。第一，跳舞雖然不錯，不過男孩子跳舞好像……好像不太適合。第二，跳舞雖然也可以讀大學，我同意，但是……它能當飯吃嗎？第三，你是我們家唯一的男孩，我不能答應讓你把跳舞當成志業，所以……我希望你還是以課業為優先。」

「爸，我……」

爸爸伸手阻止我，說：「好了，今天就談到這裡。我們的想法不同，都需要一段時間冷靜和沉澱，下次再談，這段時間，讓我們各自好好的思考思考。」

爸爸說完，絲毫不讓我有說明的機會，起了身，開了門，就出去了。

我耳邊響著爸爸的話，心裡想：「是啊！我們都需要時間冷靜思考！」只是思考歸思考，要找到一個交集，大概很難吧！

10 落難大少爺

由於我肩膀受傷，這兩天，我真是過足了大少爺的癮，在家裡，脫衣服、穿衣服有媽媽「服侍」，平常需要做的家事也免了；在學校裡，打掃工作有人代理，還可以享受到許多的特別待遇……

我真希望肩膀的傷可以慢點好，這樣就……嗯！不行！肩膀的傷慢點好，我就不能參加街舞比賽了！左右衡量的結果，我覺得還是參加街舞比賽比較重要。

一早，在媽媽的協助下，我穿好衣服，吃了早餐，背著書包上學。

國術館師父的醫術不錯，這兩天接連讓他推拿、換藥，我的肩膀已經能動了，應該可以自己脫衣服、穿衣服了，可是媽媽還是不放心，每天時間一到，她就主動找我，我也很樂得享受被她「服侍」的幸福感覺。

打掃的鐘聲響起，同學們紛紛移動腳步。阿導忽然說：「蔡麗香，你掃外掃區對不對？張紹輿手受傷，他的工作今天換你代理。」

什麼！蔡麗香替我打掃！這樣一來，我不就欠她一份人情了嗎？我一面想，一面看向蔡麗香。只見她面無表情的瞄我一眼，轉身走出教室。

雖然不用工作，我還是來到外掃區，遠遠的看蔡麗香掃。

不知是趕時間，還是不高興，蔡麗香掃得很用力，竹掃把和地面摩擦時發出的「唰唰」聲，都可以清楚聽見，一眨眼的工夫，蔡麗香就置身在瀰漫的煙塵中了。

想到上次我讓她熱臉貼冷屁股，心裡突然很過意不去，悄悄靠近她，低聲叫了聲「蔡麗香」。蔡麗香不知是沒聽見，還是故意不理我，繼續低頭掃地。

我提高音調，又喊了一次「蔡麗香」。這次，蔡麗香聽到了，她停止掃地，轉頭看我一眼，問：「幹麼？」

「真……不好意思，讓你……做我的工作，謝謝你。」我吞吞吐吐的說。

這回，換我被貼冷屁股了！蔡麗香冷冷的「嗯」的一聲，繼續低頭掃地。我不知所措，留下也不是，走開也不是，哎！原來熱臉貼冷屁股是這種感覺！

這一整天，我像往常那樣，每節課上不到幾分鐘，心就長了翅膀，到外面翱翔去了。不！有兩節課沒有！一節是國文課，國文老師幽默有趣的上課方式，有把我的心留在教室。另一節是體育課，不過很可惜，由於我的肩膀受傷，老師讓同學打籃球時，叫我在旁邊休息。

就這樣東混西混的混到放學，我才又有了精神。

公園那塊空地上，舞少他們已經到了。看到我姍姍來遲，火哥說：「章魚，你是肩膀受傷，又不是腳受傷，怎麼走這麼慢？」

「我怕被人撞到呀！所以小心的走，一小心走，不自覺就慢了嘛！」我說。

舞少問：「你的傷怎麼樣了？趕得上比賽嗎？」

「應該趕得上，已經可以動了，你們看。」說完，我稍微動了動肩膀。

舞少看了，說了聲「太好了」後，立刻招呼大家練舞，叫我在旁邊看。我認為只要不做手部的動作，腳還是可以跳，堅持和大家一起練。

練沒多久，一句熟悉的「紹輿」在旁邊響起。我轉身一看，整個人呆住了，是爸爸！爸爸竟然出現在我面前！他不是上班去了嗎？

「你不是肩膀痛嗎？你不是很多事都不能做嗎？怎麼還有辦法在這裡跳舞？」爸爸厲聲問。

我不知該怎麼回答，垂著手，低頭呆立著。舞少他們也愣住了，不知所措的呆立著。

「書包拿著，跟我回家。」

我依然垂手呆立，一動也沒動。

爸爸看我沒動，一個箭步過來，一手提著我的書包，一手推著我的背，把我推上了車——我就在大庭廣眾面前，被爸爸這樣「抓」回家。

回到家，爸爸二話不說就是一頓罵，罵得我狗血淋頭，罵得我血脈賁張，罵得我根本不知該怎麼辦，腦子裡只想著「爸爸怎麼會突然出現」？

媽媽回來了，問爸爸有沒有帶我去國術館換藥。聽了媽媽的問

話，爸爸又劈哩啪啦的把剛才的戲碼重演一次，也狠狠酸了我一頓。

原來，爸爸今天出差，會提前回家，媽媽要他帶我去國術館換藥。爸爸回家途中，想起妹妹跟他說我在公園跳舞，突然心血來潮，繞到公園看看，正好看到我和舞少他們練舞，炸藥的引信就這麼點燃了！

晚餐時，餐桌上籠罩著一股低氣壓，連平常最喜歡嘰哩呱啦的妹妹，都識相的閉上了嘴巴——這一餐吃得有多彆扭、多食不知味，可想而知！

快吃飽時，垃圾車《少女的祈禱》傳來。媽媽說：「妹妹，哥哥的手受傷，你去幫他丟一下垃圾。」

妹妹正要起身，爸爸說：「不用！讓他自己丟！都可以跳舞了，為什麼不能丟垃圾？」

我放下湯匙，起身去丟垃圾，順便藉了個「垃圾遁」，沒再回餐桌。

洗完澡，媽媽要帶我去國術館換藥，爸爸又說：「都可以跳舞了，表示已經好了，換什麼藥？別浪費錢了！」

媽媽聽完，狠狠瞪了爸爸一眼，還是騎車載我出門。

一路上，媽媽又是這邊念、那邊念的念個不停，風從耳邊呼呼吹過，她念了些什麼，我根本聽不清楚，但用屁股想也知道，不就是「這麼大的人了……」「做事情要想清楚……」「不要做讓人家生氣的事……」

從國術館回來後，我想了又想，掙扎了好久，終於決定去找爸爸。

「爸，我……可以和你聊一聊嗎？」我小心翼翼的問。

「聊什麼？」爸爸冷冷的反問。

「聊……下午的事。」

「好，你說。」

我告訴爸爸，下午舞少他們有叫我不要跳。我會跳，是因為要參加比賽，我不想因為個人因素，連累到整個團體，而且我只有用腳跳，手並沒有動……末了，我還強調，「爸，你不是常常告訴我和妹妹，在團體中要注重團隊精神嗎？」

這次，爸爸很奇怪，他只有聽我說，沒有答，也沒有辯，最後只問我「說完了嗎」，就叫我離開。

「怎麼會這樣？」我怎麼也想不通。

11 爸爸的底限

老實說，昨天被爸爸從公園「抓」回家，其實我很不高興。當時是當著舞少、火哥、歐弟和周猩猩的面，旁邊還有一些人圍觀，我這樣活生生的被爸爸押走，有多丟臉呀！只是那時被爸爸的突然出現震懾住了，我來不及反應而已。

關於跳舞這件事，除了受傷那天，爸爸對我說的那三點外，他都沒有再明確的表示什麼，不過，隱約可以感覺出來，他是反對的。既然感覺出爸爸是反對的，我決定凡事小心謹慎，儘量不要踩到他的底限，以免釀成不可收拾的後果。

放學後，我又來到公園的空地和舞少他們會合。這次，換我早來了——我想早點跳完，早點回家，以免踩到爸爸的底限。

現場只有舞少和周猩猩。舞少一看到我就問：「章魚，昨天回家有沒有被怎麼樣？」

「沒……有啦！被狠狠罵了一頓，還被冷言冷語酸了好幾次。」我答。

「我還以為會像我一樣……被打呢！」周猩猩說。

「我被……抓回去的路上，也一直這樣擔心，幸好沒有。」我說。

這時，火哥和歐弟結伴出現了，一看到我，也問了和舞少同樣的問題。我也像CD重播那樣說了一次，並拜託他們幫忙讓我早跳完，早回家，以免節外生枝。

我們先練「大風車」，因為這是比賽的加分橋段。周猩猩真的很厲害，輕而易舉就耍起了「大風車」，那樣子，彷彿一座風車在地上旋轉。我和其他三個人配合做「海豚跳」，由於我肩膀的傷還沒完全痊癒，所以只做默契的配合，沒有趴在地上做「海豚跳」。

接著，把「大風車」和「海豚跳」搭配到舞曲裡，從頭到尾完整的跳一次。天啊！竟然完美到只能用天衣無縫四個字形容！

休息的時候，有一組人馬進到空地來，在帶頭者的吆喝下，他們擺開陣勢，一副準備起舞的樣子。

火哥一個箭步衝了上去，說：「喂！這裡是我們先來的，我們只是在休息，等一下還要跳，請你們換個地方。」

對方帶頭者看看火哥，不以為然的說：「你們先來就是你們的呀？地上有寫你們的名字嗎？」

火哥毫不示弱的說：「雖然沒有寫我們的名字，可是我們天天在這裡跳，所以算是我們的陣地。」

「你們的陣地？拜託！」對方帶頭者提高音調：「這裡是公園耶！是公共場所耶！公共場所大家都可以用，怎麼會是你們的陣地？」

「可是……是我們先來的呀！」

「可是現在你們沒在用呀！」

火哥一聽，火爆脾氣又來了，說了句「不然你想怎樣」，隨即跨了出去。對方帶頭者看了，也說了句「不然你想怎樣」，也跨了出來。兩個人鼻子頂鼻子，胸膛頂胸膛，幾乎要貼在一起了。

我想起爸爸認為的「跳街舞的是不良少年」，也擔心萬一火哥真的和對方打起來，闖了什麼禍，爸爸那關就別想過了，立刻伸出手，好說歹說的把火哥拉回來。火哥本來還不肯善罷甘休，我把我的擔心告訴他後，他才忍住脾氣的讓出空地……

晚餐時，餐桌上依舊籠罩著低氣壓，平常最多話的妹妹，也依舊像昨天一樣緊閉著嘴巴，靜靜的夾菜、扒飯。

我才扒了兩口飯，《少女的祈禱》遠遠的響起。不等媽媽開

口，我放下碗筷，起身去丟垃圾，我的用意是——讓爸爸無話可說，也不給他有酸我的機會。

丟了垃圾，洗了手，我重新回到餐桌吃飯，發現爸爸用斜眼偷瞄我。我裝做不知道，正常的夾菜、扒飯。其實，我心裡有一種勝利的得意感！

晚餐後，媽媽帶我去國術館換藥。我真的要再說一次「國術館師父的技術真不是蓋的」，第一次給他看時，他說休養三五天就會好，今天才第四天，我的肩膀已經可以動七、八分了。

推拿、換藥後，師父說不用再去了，只要每天熱敷，很快就會完全痊癒。聽到「不用再去」，我也很高興，原因一，是我不用再咬牙切齒的忍痛，原因二，是不必再麻煩媽媽載上載下——這幾天也著實辛苦她了！

回家途中，媽媽帶我進了一家冷飲店，點了兩杯飲料，說要和我聊聊。

和我聊！媽媽說要和我聊聊！這可是破天荒第一次呀！只是……她想聊些什麼呢？

飲料上了後，媽媽喝了一口，說：「我想聽一聽你對……跳舞的看法。」

「看法？什麼樣的看法？」我問。

「我的意思是……」媽媽再喝一口飲料：「我也覺得……男孩子不適合……跳舞。」

「男孩子不適合跳舞？上次你還說要去看雲什麼舞集演出，那裡面不是很多男孩子？」我說。

「那不一樣！那些是舞蹈家。」媽媽解釋。

「我跳一跳，將來也可以變成舞蹈家呀！」我爭取。

「而且……人家跳的是現代古典舞，是一種藝術。」媽媽繼續解釋。

「街舞也是一種藝術呀！」我繼續爭取。

「你……哎！我不知道要怎麼跟你說！」

「媽，我知道你的意思，你想的跟爸爸一樣——跳街舞的是不良少年，對不對？你們都誤會了，真的，跳街舞的人不是你們想的那樣啦！」

「不然是怎樣？」媽媽問。

「跳街舞也可以跳到很出名，也可以跳到讀大學呢，可以跳到讀大學會壞到哪裡去？我就是打算將來去考藝校舞蹈科，畢業後，再繼續考藝術大學舞蹈系。媽，你覺得我這樣是壞孩子嗎？」

媽媽看著我，一句話也沒說。

「媽，我和朋友們跳舞，並沒有學壞，我只是在追求夢想，希望有一天能實現夢想啊！」我繼續說。

媽媽還是沒說話，不過眼睛睜大了，也變亮了，直盯著我看。

我打鐵趁熱的拜託媽媽，有機會幫我向爸爸說明，我也保證絕不會變壞……媽媽說「她儘量」，雖然只是儘量，但卻是近來最值得慶賀的一件事！

坐在機車後座，我心裡萬分慶幸的想：幸好媽媽願意聽我說，不像爸爸……

12 牛仔褲風波

我懷著無比輕鬆的心情下了機車，進了家門。讓我輕鬆的原因有兩個，一是不用再去國術館報到了，二是媽媽答應「儘量」幫我向爸爸說明跳舞的事。

客廳裡，爸爸獨自看著電視。自從那天被爸爸「抓」回來後，我就和他保持著距離，以免又點燃炸藥的引信。

就在我要進房間時，「紹輿，你等一下。」爸爸的聲音響起。我愣了一下，因為爸爸的聲音帶著殺氣，感覺有點可怕。我轉過身，走到爸爸旁邊，小心翼翼的問：「爸，有……什麼事？」

爸爸站了起來，從他坐的地方拿起一件牛仔褲，在我面前亮了亮。

這件牛仔褲我知道，是我的……不，是舞少給我的。不久前，我和舞少他們討論比賽穿的服裝。有舞臺經驗的舞少提議下半身穿有破洞的牛仔褲，上半身穿鬆垮的白襯衫，再掛一條黑領帶，看起來比較痞、比較潮，很適合跳街舞。

當時我告訴舞少，我沒有舊牛仔褲，舞少就送了我一件。我用剪刀在大腿和小腿處剪了幾個像嘴巴的洞，再放進洗衣機洗，讓洞的旁邊出現鬚鬚，看起來就不會像是剛剪的了。

放學回家後，我收了衣服，把它放在衣籃裡，忘了拿回房間，想不到被爸爸看到了。

「這件牛仔褲是不是你的？」爸爸左手亮著牛仔褲問。

牛仔褲原本是舞少的，既然他送給我了，當然就是我的。我點頭說：「是。」

「上面的洞是不是你剪的？」爸爸又問。

「是。」我答。

「好好的一件褲子，你為什麼剪成這樣？」

「那是……」

我剛要開口，爸爸猛的舉起右手，冷不防的甩了我一個耳光。這個耳光甩得很扎實，「啪」的一聲後，我踉蹌了一步，頓時只覺得臉頰刺痛，眼冒金星，耳朵嗡嗡作響。

我摸著左臉頰，還來不及反應，爸爸就破口大罵：「反對你跳舞，你就拿褲子出氣呀！想造反是不是？」

爸爸的罵聲把媽媽引了過來：「怎麼了？怎麼了？發生什麼事了？」

爸爸把牛仔褲在媽媽面前亮了亮，說：「你看！好好一件褲子，他把它剪成這樣，一點都不知道賺錢的辛苦！」

媽媽看看牛仔褲，再看看我，說：「那也不要用打、用罵的嘛！都這麼大的人了。」

「你還說！都是被你寵壞的！」說完，爸爸轉向我：「書不好好讀，只想跳街舞，我說過嘛，跳街舞的都是不良少年，現在事實證明了吧！」

聽了爸爸的話，我不知哪兒冒出的勇氣，大聲對爸爸說：「爸，為什麼你們大人老是喜歡用自己的眼光去看一個人，或是一件事？為什麼你們大人都只要人家聽你們的，卻不肯聽聽別人的？」

爸爸大概沒想到我會有這樣的舉動，有點愣住的看著我。

「爸，我跟你說，這件牛仔褲是我的，不過，是我朋友送我的。那是因為我們要去參加街舞比賽，要穿有破洞的牛仔褲，可是我捨不得把牛仔褲剪破，我朋友就送我一條，我才把它剪了。我沒有造反，也沒有浪費錢。」我說得很快、很急。

爸爸聽了，停了一下，口氣稍為和緩的說：「那你剛才為什麼不說？」

「剛才你有給我說話的機會嗎？你不是認為跳街舞的都是不良少年嗎？」說完，我轉身衝回房間，「砰」的關了門，並把房門反鎖。

我很生氣，我真的很生氣，氣爸爸的不明就裡，氣爸爸的食古不化，氣爸爸的不分青紅皂白……我的心臟跳得很快，如果拿血壓計來量，應該會衝過兩百吧！

不知過了多久，「砰砰」的敲門聲響起。敲門的不是媽媽，她會邊敲邊叫：敲門的也不是妹妹，她是邊拍邊喊。那就是爸爸了，既然是爸爸，我就更不想開門，「殺了人才說對不起」，天底下沒這麼便宜的事，哼！

後來，真的是妹妹來敲門了，她一邊拍門，一邊「哥」「哥」的叫著。我認為她是爸爸派來發動親情攻勢的打手，所以既不出聲，也不開門，讓她以為我已經睡著了。

摸著還隱隱作痛的臉頰，我想起了周猩猩。上次周猩猩被他爸爸打傷手臂時，我還教他怎麼閃避呢。明天，如果他看到我臉上的傷，知道我也挨打了，他會怎麼說呢？

說到臉上的傷，我照照鏡子，左臉頰果然有點紅腫。想冰敷，又不方便出去拿冰塊，於是我突發奇想的拿噴氣式酸痛藥水往臉上噴，一噴，部分藥水進到眼睛裡，刺激得我一直流眼淚……

隔天早上，我起床後的第一件事，就是照鏡子，看臉頰有沒有事。遺憾的是，紅腫依然存在。走在路上，一定會被人看出來。到了學校，也一定會被同學發現，那……該怎麼辦呢？

有了！口罩！我拿了一個口罩戴上，往鏡子裡看了看，調了調位置，把紅腫的地方遮住，大家就看不到了。萬一同學問我為什麼戴口罩，我只要用「我感冒，怕傳染給大家。」搪塞過去就好了，看，我多聰明！

換了衣服，背了書包，我牙沒刷，臉沒洗，直接出門上學——牙沒刷，我戴著口罩，沒人會發現；臉沒洗，到學校後，用手帕洗洗就好了。

「紹輿，你不吃早餐呀？」媽媽的聲音在背後響著，我頭也不回的逕自往前走——我就是不想看到爸爸，就是不想和他同桌吃飯！

雖然我戴著口罩，走在路上，卻沒人看我一眼，因為路上戴口罩的行人比比皆是；到了教室，也沒有同學問我為什麼戴口罩，因為也有同學戴，還不停的咳嗽。

一直到了放學後，來到公園那塊空地，舞少他們發現了，我才把口罩拿下來，讓他們看我的傷，並把昨晚發生的事告訴他們。

「章魚，你爸爸也喝酒了嗎？」周猩猩問。

「沒有，我爸爸滴酒不沾。」我答。

「我以為你爸爸也喝了酒才打你。」周猩猩說

「沒喝酒的也會打人呀！」我說

……

音樂響起，五個人跟著樂聲跳起來。我跳得很投入、很盡興——

我要跳出最好的成績給爸爸看，證明跳街舞的不是不良少年！

13 團隊精神

我和爸爸原本就保持著一段距離，前天的耳光事件發生後，距離變得更長了。

昨天早上，我沒吃早餐就出門，即使媽媽在背後大呼小叫，我也沒回頭。昨天晚餐時，非得和爸爸碰面了，我在飯裡倒了一些湯，攪一攪，一口菜都沒夾，就唏哩呼嚕的吞進肚子裡，然後放下碗筷，就閃回房間——我就是不想和爸爸有面對面的機會！

街舞比賽在聖誕節，今年的聖誕節正好是星期日，也就是明天，我和舞少他們早就講好，要利用今天上午做最後一次練習。

為了不和爸爸碰面，早上，我在房裡「隱居」了一段時間，估計他們吃完早餐了，才溜出房間，到浴室刷牙洗臉。出了浴室，沒看到爸爸媽媽，只有妹妹剛從房間出來。我懶得問她爸爸媽媽去哪裡，只交代一聲「跟媽媽說，我出去一下」，就匆匆衝出門了。

路上，我進了一間早餐店，點了一杯奶茶和一個三明治吃。

這是我原本就計畫好的——剛才出門前，我拿了一些零用錢放在口袋，打算在外吃早餐。我還打算練舞結束後，買些麵包回家當午餐，這樣，就不用和爸爸碰面了。

到了公園，舞少、火哥和歐弟都來了，只剩下周猩猩一個人。

等了好一會兒，周猩猩終於氣喘吁吁的出現，大夥兒還來不及問他為什麼慢到，他就用緊張的口氣說：「我爸爸叫我這兩天跟他去工地幫忙，我跟他拜託了好久，他才答應我今天上午不用去。怎麼辦？明天的比賽怎麼辦？」

大夥兒你看我，我看你的看了一會兒，舞少說：「等一下我們練完舞，跟你一起去你爸爸工作的地方找他，一起拜託他明天讓你去比賽。」

「好啊！那就麻煩你們了。」周猩猩才剛說完，臉色隨即一變，說「那……萬一我爸爸不答應呢？」

不答應？周猩猩的爸爸當然不能不答應！周猩猩是「大風車」的靈魂人物，他不能參加，我們這隊就沒戲唱了！

「如果你爸爸不答應，我們就說，你的工作先欠著，等街舞比賽結束後，我們找時間一起幫你做回來。」我說。

「這……這樣好嗎？」周猩猩有點為難。

說。

「有什麼不好？我們是一個團隊，本來就要有團隊精神呀！」我

其他人聽了，也附和「對呀！我們是一個團隊」「要發揮團隊精神」「要團結合作」周猩猩才笑著答應。

這時，舞少的姊姊忽然現身了。舞少說，是他拜託他姊姊來的，請她調整一下我們的動作和隊形。於是大夥兒在舞少姊姊的指導下，進行賽前最後一次練習。

舞少姊姊雖然是跳國標舞的，對街舞也頗有研究，我們有幾個動作沒有做到位，都被她指出來。還有在動作銜接部分，她要我們各自在心裡數拍子，下個動作的出現時間才會一致。

舞少姊姊還說，跳舞雖然是肢體動作，臉部表情也很重要，她要我們配合動作和音樂，變化臉部表情……經過舞少姊姊的指導，大夥

兒都有「我們跳得更好了」的感覺。

練完舞，約好明天碰面的地方，提醒明天的穿著後，在周猩猩的帶路下，一起去向他爸爸說情。

來到周猩猩爸爸工作的地方，周猩猩叫我們在外面等，他進去找他爸爸。看著眼前的工地，我覺得周猩猩很……可憐，他沒有媽媽已經很不幸了，假日還得被他爸爸叫來做苦工……

還沒想完，周猩猩帶著一個皮膚黝黑的男人——應該是他爸爸出現了。他走到大夥兒面前，問：「你們就是興華的朋友？你們要跟我說什麼？」

舞少率先開口：「周叔叔，明天是聖誕節，我們五個要去參加街舞比賽，可是猩……興華說你要他來這裡幫忙。他來這裡幫忙，我們少一個人，就不能比了。所以我們想拜託你，明天讓興華和我們去比賽。」

「比賽有比賺錢重要嗎？他沒有來幫忙，就少賺很多錢。」周猩猩的爸爸說。

「就一天而已嘛！」火哥說。

「一天也是錢啊！」周猩猩的爸爸答。

「周叔叔，這樣可不可以？」我說：「明天你讓興華去比賽，暫時不要來這裡幫忙。等我們比賽完，找一天一起來幫忙，把興華沒有做的份補回來，好不好？」

周猩猩的爸爸聽了，看大夥兒一眼，說：「你們？你們行嗎？很辛苦耶！」

「所以我們四個人一起來呀！」我說。

周猩猩的爸爸再看大夥兒一眼，說：「好吧！看你們這麼有義氣，明天就讓他跟你們去比賽吧！」

聽了這句話，大夥兒都高興的一直向周猩猩的爸爸道謝。可以順利參賽，周猩猩也露出了笑容。

回家途中，我當然沒忘了我的重要事情——買麵包，我買了兩個麵包和一瓶飲料當午餐，這樣，就不用和爸爸碰面了。

踏進家門，客廳裡只有媽媽一個人。我左右張望一番，媽媽說：「不用看了，爸爸陪妹妹去買文具去了。」

爸爸不在？太好了！這樣我就不用像老鼠那樣探頭探腦的了。

「你還在生氣呀？」媽媽問。

「當然氣呀！」我答。

「他是你爸爸呀！你有必要氣這麼久嗎？」

「誰叫他沒弄清楚事情就隨便打人！」

媽媽停了一下，又問：「那你要氣到什麼時候？」

「不知道。」

媽媽聽了，沒再出聲。看媽媽沒再出聲，我乾脆起身回房間。進房前，我告訴媽媽：我有買麵包，不用叫我吃午餐；還告訴媽媽：明天我要和舞少他們去參加街舞比賽，中午大概不會回家。如果爸爸問起，或要阻止我，請她幫我說明，讓我能順利成行。

媽媽沒有答應，也沒有拒絕，只輕輕的「嗯」了一聲。看媽媽的樣子，我覺得她也很……可憐，夾在兩個鬧冷戰的男人之間，一個是她老公，一個是她兒子，她偏袒哪邊都不是！

繼續看媽媽的樣子，我可能會心軟，於是猛的轉身進房間。雖然我人在房裡，媽媽那……不知該怎麼形容的表情，卻一直在我眼前晃動……

14 拔得頭籌

睜開眼睛，看看床頭的鬧鐘，才五點多，只是參加個比賽，我竟然也興奮得像小學生期待校外教學那樣的起早了。

輕輕拉開房門，客廳裡只亮著昏黃的夜燈。趁著爸爸媽媽還沒起床，我躡手躡腳的進到浴室，悠哉悠哉的刷了牙、洗了臉——好久沒這樣洗了，感覺很痛快！

回到房間，我換了衣服，再一次確認牛仔褲、白襯衫和領帶都放在包包裡了，就躺在床上，等出門的時間到來。

時間一分一秒的過去，可以出門了，我背了放服裝的包包，走出房間。平常星期日的這個時候，爸爸都在客廳裡看報紙，今天卻不見他的影子。「會不會因為知道我要出門，他才故意不出現？」我心裡想。

媽媽從浴室出來，看到我的裝扮，問：「紹興，要出發了呀？」

「嗯！我和同伴們約好了會合時間。」我答。

「比賽的地點在哪裡？」媽媽又問。

比賽的地點？就在縣政府前的廣場呀！可是我不想讓媽媽知道，撒謊說：「我不清楚耶！舞少他們知道，他們會帶我去。」

我開了門，正要跨出去，媽媽叫：「紹興，等一等。爸爸要我問你……要不要載你去？」

爸爸！載我去！媽媽當他的傳聲筒嗎？我遲疑了一下，說：「不用了，我和舞少他們一起去。」

媽媽聽了，大概不知道還能再說什麼，擠了一句：「好，那……加油囉！」

聽到媽媽說「加油」，我高興也不是，不高興也不是。她不是也反對我跳街舞嗎？這句「加油」，是她的違心之說，還是真心的打氣？

來到和舞少他們會合的地方，火哥、歐弟和周猩猩都來了，唯獨不見舞少的影子。舞少是我們這隊的精神領袖，他如果沒來，我們就群龍無首了！

說曹操，曹操到；說舞少，舞少就出現了——他是坐在一輛九人座廂型車裡出現的。「來呀！上車上車！」舞少從車窗探出頭，招手叫大夥兒上車。

在「嘿！有專車耶」「這樣就省下公車錢了」「舞少真棒」聲中，四個人陸續上了車。車子行駛後，舞少說：「我爸正好早上有空，所以開車載我們去，不過回程得自己回來。」

聽了舞少的話，火哥、歐弟、周猩猩和我異口同聲的說：「謝謝舞爸（舞爸是平常我們對舞少他爸爸的稱呼）。」

舞爸沒說話，舉手向坐在後座的我們示意。

看看舞爸，人家多開明呀！不但自己跳舞，也讓全家跳，兒子要出門比賽，他還專車送！如果爸爸也像舞爸……不用全像，只要一半像就好了，我跟他之間的距離也不會拉得這麼長！

到了縣政府前的廣場，舞爸讓大夥兒下了車，臨走，還給了舞少一張千元鈔票，說要請大夥兒吃點心。大夥兒一聽，「謝謝舞爸」的聲音立刻此起彼落起來。

看看舞爸，人家多大方呀！不但自己跳舞，也讓全家跳，兒子要出門比賽，他不但專車送，還出一千元請兒子的隊友吃點心，如果爸爸……唉！不提也罷！

完成報到手續後，大夥兒先到公共廁所換上比賽服裝，然後找了一塊空地，配合音樂，跳著熱身舞——街舞也是很激烈的，當然也要像其他運動一樣有熱身活動，然後等著上場比賽。

「不是冤家不聚首」，果真沒錯！在預備席等候出場的時候，遇到了上次在公園裡差點和火哥打起來那隊，他們的出場序正好在我們之前。仇人見面，分外眼紅，雖然之前雙方有過交集，出場序也連在一起，此時壁壘卻更加分明，隱隱中，還瀰漫著一股「你死我活」的氣氛。

節奏明顯的樂聲響起，比賽開始了，參賽的隊伍按出場序一一上臺。

舞少把隊友聚集起來，要大家像平常練習那樣跳，還要把昨天他姊姊指正的地方做到位，尤其是「大風車」，那是我們的絕殺招數，一定要配合得天衣無縫……

「接下來，五號舞街少年隊請出場！」

換我們了！我和夥伴們走到臺上，站定位置，擺好準備動作，音樂一下，隨即跟著樂聲跳起來。

跳到「大風車」時，周猩猩開始在地上旋轉，舞少、火哥、歐弟和我也配合周猩猩的動作做「海豚跳」。我一邊在心裡數拍子，一邊跳，還不時瞄瞄隊友，突然發現：這次的「大風車」大概是有史以來配合得最棒的一次了！

五個人配著音樂賣力跳，直到最後一個動作停止，音樂也正好結束，才氣喘如牛的下臺。

下了臺，氣都還沒喘完，曾經和火哥發生衝突的那個帶頭者走過來，說：「你們那個『大風車』的動作配合得很好，也跳得很棒。」

「還好啦！謝謝你的誇獎。」舞少說。

對方帶頭者離開前，竟然主動伸出手，要跟火哥握手。火哥有點不知所措，還愣了一下下，才伸手和對方握。對方帶頭者走開後，大夥兒忍不住狠狠的糗了火哥一頓。

音樂一首一首的換，參賽隊伍也一隊一隊的上，經過一番龍爭虎鬥，比賽終於結束，接下來就是等候公布成績。

「我好緊張喔！心臟跳得很厲害，好像就要從嘴巴跳出來了。」火哥說。

聽了火哥的話，我轉頭看他。平常火哥動不動就發脾氣，現在卻

BOY

緊張得像隻老鼠，我笑笑說：「火哥，你也會緊張喔？」

「當然啊！我也是人啊！」火哥說。

周猩猩問：「舞少，你猜我們會不會得名？」

「我哪知道？我又不是評審。」舞少的聲音有點抖，可見他也很緊張。

「現在公布這次街舞比賽的成績……」

這次比賽國中組有十二支隊伍參加，共錄取前三名各一隊，優選兩隊，合計五隊，有接近二分之一的獲獎率，我們這隊應該不會差到是那落選的二分之一吧！

「優選兩名分別是……」，啊！沒有「舞街少年」。「第三名……」，唉！也不是「舞街少年」。「第二名是夜行者隊」，喔！不是我們！

只剩下一個名額了，我們還有八分之一的機會。

「第一名……舞街少年隊！」

聽到主持人說「舞街少年隊」，我和夥伴們都瘋狂的大叫起來，

然後瘋狂的衝上臺，從頒獎人手中接過獎盃……

15 見義勇為

頒獎儀式結束後，大夥兒到公共廁所把比賽穿的服裝換下來，因為這套衣服太痞、太酷了，穿著走在路上，怕會引來旁人的側目。

「舞少，早上你爸爸不是給你一千元，說要請大家吃點心嗎？我們找個地方吃東西吧！」火哥說。

「那是舞爸的錢，你還真的想吃呀？」我瞪著火哥。

「沒關係啦！我爸爸本來就說要請大家的呀！」舞少說。

「老實說，我也想吃呢。」周猩猩有點不好意思：「我早上沒吃什麼東西，剛才『大風車』轉得很賣力，現在肚子都在咕嚕咕嚕叫了。」

舞少聽了，說：「好吧！我們找個地方舉行慶功宴。」

正好縣政府附近有間麥當勞，一行人走了進去，各自點餐後，算一算，一千元還有找，沒有完全吃光，還算對得起舞爸。

回程，沒有舞爸的專車載，所以大夥兒搭公車。車上，有個老爺爺看到舞少手中的獎盃，好奇的問：「你們參加什麼比賽得了這個獎盃？」

「跳舞比賽。」舞少答。

「跳什麼舞？」老爺爺又問。

「街舞啦！」火哥搶答。

「什麼！街舞？街舞怎麼跳？」老爺爺看著火哥。

火哥看了身旁的歐弟一眼，兩個人很有默契的跳了一小段。老爺爺看了，笑著說：「你們跳的這個像抽筋，又像機器人，哪像跳舞？」

火哥和歐弟一聽，立刻你一句、我一句的和老爺爺爭論起來。

聽老爺爺的口氣，好像對跳舞很有研究似的，他看起來應該有七十多歲了吧，不知他那個年代流行跳什麼舞？一定不是街舞，他說街舞像抽筋，又像機器人！

下了車，大夥兒沒有解散回家，而是來到我們平常練舞的那塊空地。舞少開玩笑說，我們能得第一名，那塊空地的功勞很大，要讓它看看獎盃，讓它分享我們的榮耀。

說到獎盃，它只有一座，我們有五個人，該怎麼分呢？舞少問：

「有誰想拿回家擺的？」

周猩猩說：「我不要！萬一我爸喝醉酒把它砸了，我們的辛苦就白費了。」

看周猩猩不要，我也說：「我爸媽反對我跳舞，拿回去，說不定也會被他們砸了。」

「哎呀！舞少，就放在你家嘛！」歐弟說：「你們全家都跳舞，常常得獎盃，有地方擺獎盃，最適合了啦！」

歐弟說完，其他人都一致贊成，大夥兒辛苦掙來的獎盃就交由舞少保管。

走出公園，正準備解散，一陣尖銳的煞車聲響起，接著是「砰」的一聲巨響。五個人不約而同的朝發出巨響的地方看去，是車禍！一輛機車撞到人了！

我和舞少他們靠近看，被撞的是一個拾荒的老婆婆——她常在公

園裡撿東西，我們常看到，她手推車上的東西散落一地，人動也不動的躺在地上。機車倒地滑行了一、二十公尺，騎士正吃力的爬坐起來。

舞少有帶手機，立刻打電話報警、叫救護車，火哥和歐弟分別在兩端指揮來往車輛，以免經過的車輛再次撞上。

午後的陽光很強，站著都快受不了了，老婆婆躺在柏油路上一定更熱。於是我叫周猩猩一起把包包裡的襯衫拿出來，在老婆婆上方張開，遮住太陽，不讓陽光直接照在老婆婆身上。

一會兒，警車和救護車都到了，剩下的事就交給警察和救護人員處理。

因為我們五個是車禍的目擊者，所以前來處理的警察問了很多問題。那些問題都由舞少他們回答了，我一句話也沒說，因為我的焦點都在那位老婆婆身上——剛才我用襯衫幫她遮太陽時，有看到她的臉，她的容貌一直在我腦海浮現。

不久，兩輛救護車分別載著老婆婆和機車騎士到醫院去了，這場難得親眼目睹的車禍終於落了幕。聽著救護車越來越小的警笛聲，我說：「那位老婆婆不知傷得怎麼樣？」

周猩猩說：「應該……還好啦！剛才她躺在擔架上時，救護人員問她哪裡痛，她還會回答呢！」

「喔！那就好。」我說。

「章魚，你好像特別關心那位老婆婆喔！」舞少說。

「也不是啦！」我解釋：「之前我不是肩膀受傷嗎？有一次我來公園時，正好遇到她在撿東西，看到我的手被三角巾吊著，她問了我一句『你的手怎麼了』。就是這樣，關心回去啦！」

「喔！原來還有這一段小故事呀！」舞少恍然大悟。

終於可以解散回家了，五個人分道揚鑣。還沒到家，我就把街舞比賽得第一名的喜悅心情收起來，也把剛才看到車禍的緊張情緒藏起來，當作什麼事都沒有發生般的踏進家門。

客廳裡，爸爸依舊不見人影——不見人影最好，媽媽和妹妹在看電視。看到我回來，媽媽把目光移到我身上，問：「紹輿，你回來了？」

「對呀！」我答。

「你街舞比賽比得怎麼樣？」媽媽又問。

「還……還好。」我不想告訴媽媽成績。

「我是問……你們得第幾名？」媽媽再問。

媽媽真的很奇怪，她不是也說過反對我跳舞嗎？現在又一直想知道成績，到底是真想知道，還是做個樣子給我看，亦或是替爸爸來打聽消息？

「都說還好了嘛！」我有點不耐煩。

「喔！還好！還好！」媽媽邊說邊點頭，一副知道「還好」代表什麼的樣子。

看媽媽不說話了，我轉身回房。從包包裡拿出牛仔褲、白襯衫和領帶，領帶摺一摺，放到衣櫥裡，襯衫丟到洗衣機裡洗。牛仔褲嘛！這件牛仔褲雖然陪我享受了榮耀，卻也讓我捱了耳光，所以我決定改天自己刷洗，不再讓爸爸看到它。

為了參加這次街舞比賽，發生了許多事，肩膀受傷、被爸爸甩耳光，還有……還有改天要去工地幫周猩猩搬磚塊！想到搬磚塊，我看看自己的手，不知它禁不禁得起磚塊的「磨練」？

哎！說都說了，禁得起要搬，禁不起也要搬，誰叫我們是舞街少年隊呢？舞街少年隊是很有團隊精神的！

16 一舉成名

也許是街舞比賽結束了的關係，早上，我坐上餐桌吃早餐了！不過，我一直低著頭吃，沒有看爸爸，也沒有和他有交集——我要表示還在生氣中。

其實，真正促使我上餐桌吃飯的是舞爸。

昨天比賽回來後，我想了很多。舞少出門比賽，舞爸載他去，也許有一天我要出門做什麼事，也需要爸爸載，如果我繼續和他冷戰下去，就少了這項資源了。

再說，我也是家裡的一份子，吃飯何必吃得這麼辛苦，那不是虐待自己嗎？想清楚之後，我決定很有尊嚴的軟化自己，放低身段，然後再一步一步的恢復正常！

來到學校，收了昨天街舞比賽第一名的風光，我又回到昨天之前那個上課老是心不在焉的張紹輿——其實，應該不會有人知道昨天發生了什麼事。

打掃時間，我像往常那樣拿著掃把在地上「比畫」。蔡麗香在我旁邊掃，所以我格外的小心翼翼，不要惹到她，以免又招來麻煩。

掃著掃著，擴音器傳出了「八年級陳建安、張紹輿、周輿華、歐宇悌、林又森等五位同學到學務處來。」聽到「張紹輿」，我愣住了。叫我做什麼？舞少他們四個也被叫，發生了什麼事嗎？

我放下掃把，準備去學務處，一轉身，正好和蔡麗香四眼相對。

她的眼神很奇怪，好像在說「看你又做了什麼壞事了」。我沒理她，拔腿直奔學務處。

學務處裡，舞少他們已經到了，看到我，紛紛露出「怎麼了」的眼神。我皺皺眉、搖搖頭，表示我也不清楚。沒有人理我們，主任也不知去哪兒，我們五個人就像傻瓜似的站在學務處裡。

不久，校長、主任和一個陌生男子進來了，還有說有笑的——有說有笑表示心情好，應該不是什麼壞事。

主任指著我們五個，對陌生男子說：「就是他們。」

陌生男子走到我們面前，笑著說：「你們昨天救了我媽媽，我是專程來向你們道謝的。」

救他媽媽！有嗎？我看向舞少他們，他們也向我看來，一臉莫名其妙的表情。陌生男子看我們一臉茫然，趕緊解釋給我們聽。

原來，他媽媽就是被機車撞的那個拾荒老婆婆。昨天警察通知他後，他從警察那兒知道了我們五個的姓名和就讀學校，而我們的姓名和就讀學校是警察問舞少他們問題時留下的。

陌生男子說，我們會熱心助人，是學校的教育成功，所以他拜託校長在升旗時表揚我們五個人。聽到「升旗時表揚」，我們五個很有默契的搖頭說不要。但校長好像很高興，和陌生男子一搭一唱的說「要」「當然要」，於是我們就被打鴨子上架了。

唱完國歌，升了國旗，我們被叫上臺。站在臺上，看著臺下的人，我緊張得手都不知放哪兒才好——不知舞少他們會不會也這樣。對於從來沒有站上司令臺的我來說，眼前最渴望的事，就是趕快下臺。

啊！想到了！小學時我上過一次臺，那次是被叫上去問問題，結果答不出來，超丟臉的！

校長對全校同學講了我們的「英勇事蹟」後，操場上揚起一陣掌聲。校長說了些什麼，我聽得不清不楚，唯一聽清楚的是那句「表示我們學校教育成功」，因為校長說得很有力、很大聲。

校長原本滔滔不絕的講著，不知發生了什麼事，突然把麥克風交給主任，叫主任接著說，他一面掏口袋，一面走下臺。

我看著校長走下臺，想知道他到底怎麼了。結果……他從口袋掏出手機，就在臺下講了起來。我覺得很好笑，校長竟然這個時候講手機，他才報告一半耶！

校長講完手機了，他把手機放回口袋了，他又上臺了。他從主任手中抓過麥克風……拜託！主任還在講耶！校長竟然一點都不尊重主任！

「各位同學，雖然主任還在講話，可是校長有件重要的事要告訴大家，打斷主任說話，是不禮貌的行為，請各位同學不要學，也請主任見諒。」校長說。

校長還知道自己沒禮貌！他說有重要的事要告訴同學，有多重要呢？

「校長有個朋友在教育局工作，剛才他打電話給我，告訴我一件喜事。因為是喜事，所以我急著告訴大家。」校長接著說。

喜事！是什麼喜事讓他這麼急迫？

「昨天聖誕節，教育局辦了一項街舞比賽，臺上這五位同學參加了，還得到全縣第一名，全縣第一名喔！你們說是不是喜事？」校長說得鏗鏘有力——操場上又是一陣掌聲，掌聲中，還夾著竊竊私語的聲音。

啊！這麼巧！校長竟然有朋友在教育局工作！

「這五位同學不但熱心助人，還很有才華，為學校爭取了很高的榮譽，證明了我們學校教育成功，教學也很有績效。」校長侃侃而談。

教學很有績效？街舞是我們自己練的呀！再說，阿導還曾經說過「跳舞不能當飯吃」呢！

後來，我們是怎麼下臺的，我也弄不清了。我只記得下臺前，那個陌生男子還送我們一人一份禮物。

今天到底是什麼日子？我想來想去，答案只有一個，就是今天是星期一！

說起來，都因為街舞！如果沒有參加比賽，我們就不會得第一名；沒有得第一名，就不會去公園；沒有去公園，就不會救到老婆婆；沒有救到老婆婆，就不會發生早上這些事，所以都是因為街舞！

那……跳街舞的還會是不良少年嗎？

上午第二節是阿導的數學課，她從進教室開始，臉上就一直掛著笑容，一副喜上眉梢的樣子。問我問題時，聲音也是輕輕柔柔的，跟以往那種冷冷淡淡的口氣相比，簡直是天壤之別！

這也難怪，因為我在她的班上，我做了好事、得了第一名，教育成功她有一份，教學有績效也少不了她的，她當然喜上眉梢啦！

這一整天，不管我走到哪兒，都是眾人目光的焦點，甚至放學時，我走進校門口那片茫茫人海裡，竟然有人讓路給我，使我不用左閃右躲的，這不都是因為街舞嗎？

啊！街舞！我——來——囉！

17 一張邀請函

街舞比賽結束了，生活少了一個重心，這兩天上課時，我的心又開始長翅膀到外面翱翔了。不！這樣說其實有點誇張，至少有兩門課我的心沒飛出去，就是體育和國文。

下午打掃結束，回教室時，蔡麗香正好走在我前方。我突然想到一件事，隨即脫口而出喊了聲：「蔡麗香。」

蔡麗香停下腳步，轉身看我一眼，問：「什麼事？」

「我……我只是想跟你說……謝謝你在我肩膀受傷時幫我……掃

地。」我有點語塞。

蔡麗香聽了，臉部肌肉一鬆，露著笑容說：「小事啦！不用客氣。」

「還有……上次不小心打到你……」

「那不是已經道過歉了嗎？」

後來，我竟然和蔡麗香並肩走回教室！我還發現：蔡麗香不凶的時候，其實滿……滿有女人味的！

第八節是國文課，老師收了同學的心後，說：「〈為學一首示子姪〉已經教一半了，我要抽問一下，看你們回家有沒有複習。」

老師說完，「不要啦」「拜託啦」「我不會啦」……此起彼落的響起。老師沒有理會同學，提高聲調說：「請把『吾資之昏，不逮人也；吾材之庸，不逮人也』翻成白話文。」

同學一聽，又是一陣吱吱喳喳。其實我更擔心，因為我完全沒有複習，老師如果叫到我，鐵定完蛋！

老師環顧教室一周後，點了一個比我還不專心的男生，他一站起來，就煞有其事的說：「我家的錢財不知道有多少，我不怕被歹徒抓；我家的建材很平常，我也不怕被歹徒抓。」

他一說完，教室裡就是一陣哄堂大笑，老師也笑到斷斷續續的說：「同學……你太……天才了，你翻得太……妙了！」

是啊！那個同學真是天才！不過，他至少還說得出口，換了是我，只能站著發呆！後來，老師又糗了那位同學一頓，要他好好複習，說下次還要叫他。

放學後，我夾在人群裡，來到校門口那片茫茫人海中。我怕碰到人，左邊閃、右邊躲的迂迴前進。前天上臺後，有人會讓路給我，才經過兩天，讓路的人就不見了，可見，「風光」不會是永遠的！

公園那塊空地上，夥伴們陸陸續續到了。火哥很有感觸的說：「喂！你們有沒有發現？街舞比賽之後，好像少了什麼。」

「有耶！我也有這種感覺。」我附和。

「嗯！好像有耶！」周猩猩也說。

「嫌無聊是嗎？」舞少笑笑說：「有件事讓你們做，你們就會有聊了。」

「讓我們做什麼事？」歐弟問。

舞少從書包裡拿出一張卡片，說：「這裡有一張邀請函，縣政府要在元旦那天在縣府廣場舉行升旗典禮，典禮後有表演節目，我們是街舞比賽第一名，所以邀請我們去表演。」

「真的假的？你別唬弄我們喔！」火哥不相信。

舞少說：「真的啦！不信你看，上面有我們的隊名，有我們五個人的名字，還是縣長具名邀請的呢！」

火哥拿過邀請函，我和歐弟、周猩猩也湊過去看，果真如舞少說的那樣。

「為什麼是寄給你，沒有寄給我們？」周猩猩問。

舞少說：「上次參加比賽填報名表，聯絡人是我，地址和電話也是填我家的呀！」

「那我們去不去？」周猩猩剛說完，火哥、歐弟和我異口同聲喊：「去！」

舞少笑著說：「我知道你們一定會去，我已經打電話和承辦人確認了。因為時間緊迫，我們來不及重新編舞，穿上次那套衣服，跳上次那支舞就好了。」

才說生活失去重心，現在重心就來了，真是太好了！尤其是縣長具名邀請的，這是多麼光榮的事呀！回家前，我還特地向舞少要了那張邀請函，讓我帶回家「鼻香」「鼻香」。

大概太興奮了，我是一路哼著歌回家的。一進屋裡，原本看電視的妹妹似乎發現了我的異狀，把目光轉向我，問：「哥，你今天心情很好喔？」

心情好？當然好，好得不得了！但我答：「心情好？哪有？」

「不然你怎麼哼著歌進來？」妹妹說。

「那是因為……剛才我在路上聽到一首歌，不由自主的就跟著哼起來。」我趕緊編個理由。

妹妹聽了，斜眼瞄我一下，說：「騙人！你一定有事！」

妹妹才五年級，想不到眼睛竟然這麼利！被縣長邀請去演出這麼大的喜事，我也沒有人可以分享，想想，不如讓妹妹分享吧！於是我把心情好的原因告訴妹妹。

聽完，妹妹張大眼睛，十分驚訝的說：「被縣長邀請去表演！哥，你好棒喔！你的朋友也好棒！」

「你看。」我拿出邀請函：「上面有我們五個人的名字，還有縣長的名字。」

「元旦那一天！真的耶！好好喔！」妹妹好像很羨慕。

「對呀！這是很難得的機會，我和朋友們都很興奮。」

「這麼大的事情要不要告訴爸爸媽媽？」妹妹突然問。

我想了想，萬一爸爸不讓我去，就會連累到舞少他們的演出，叫妹妹還是不要告訴爸爸媽媽，以免橫生枝節。

回到房裡，我依然沉浸在被縣長邀請的喜悅中，拿著邀請函看了又看，看到張紹與三個字都要和縣長的名字畫上等號了，乾脆把邀請函豎起來，讓它站在桌上，方便我看。

打開衣櫥，拿出白襯衫和牛仔褲。我原先以為這件牛仔褲將永遠「住」在衣櫥裡，想不到它還有曝光的機會，真好！看著牛仔褲，耳邊彷彿響起了這支舞的音樂，我忍不住跟著舞動起來……

餐桌上，爸爸、媽媽、妹妹和我分坐四邊，妹妹依舊嘰哩呱啦個不停，爸爸媽媽輪流「嗯嗯啊啊」的回應妹妹，我則是低頭默默吃著飯，還不時用斜眼看著妹妹，我擔心她嘰哩呱啦之際，不小心說溜嘴，把我被縣長邀請去表演的事說出來。

這時，「少女的祈禱」傳來，我也吃飽了，起身準備去丟垃圾。起身的那一瞬間，我對妹妹擠擠眼、撇撇嘴，示意她別亂說，妹妹也眨眨眼、點點頭，我才安心的離開。

18 元旦演出

因為要趕到縣政府廣場參加升旗典禮，所以我很早就起床了。沒有讓爸爸媽媽知道我要去參加元旦演出，總要有出門的理由吧！

昨晚，我找了個機會跟媽媽說，今天要和同學去縣府廣場參加升旗典禮，會很早出門，媽媽不疑有他的答應了。雖然我的真正目的是參加演出，但也要參加升旗典禮，所以應該不算說謊。

出門的時間到了，爸爸、媽媽和妹妹還沒起床，我躡手躡腳的走到門邊，輕輕巧巧的開門走出去，再輕輕巧巧的關上門，往和舞少他們約好的碰面地點前進。

來到會合的地方，舞爸那輛九人座的廂型車已經等在那裡了。上了車，我才發現：舞媽也在車上。

看我驚訝的樣子，舞少說：「我爸爸媽媽說，能夠在元旦升旗典禮演出，是很光榮的事，所以他們要跟著去沾光。」

我一面向舞爸、舞媽打招呼，一面想：「人家的爸媽都會跟著去沾光，我的爸媽卻還在睡覺，哎……」

不久，火哥、歐弟和周猩猩陸續到了，一行人動身往縣府廣場出發。

到達縣府停車場，我們本來要去公共廁所換衣服，舞爸卻叫我們在車上換，理由是：大清早的，不會有人看到。說的也是，看看外面，天色還沒全亮，果然看不到幾個人影。

換了衣服，來到廣場上，才發現不是沒有人，而是人都聚集在廣場了。完成報到後，工作人員把我們帶到升旗時的位置準備。

來參加升旗典禮的人很多，一直在我面前走來走去，看得我眼花撩亂。但我只認識一個人，就是縣長，之前都是在電視上看到，今天是親眼目睹。

不久，升旗典禮開始了，在樂隊的吹奏下，在場的人一齊高唱國歌、國旗歌，看著國旗冉冉升空，迎著晨風，在空中款款飄揚。

在學校，每天都唱國歌、國旗歌，看國旗升空，我什麼感覺也沒有。第一次參加元旦升旗典禮，我有一種很特別的感覺，那種感覺是……哎！我也說不出來，反正有感動到就是了！

升旗典禮後，縣長上臺講了一些話，接著就是表演節目。現場人很多，我不清楚表演些什麼，只聽到主持人高亢宏亮的聲音一直報告，什麼太鼓隊啦、什麼舞蹈社啦、什麼高中儀隊啦，不然就是咚咚咚的鼓聲，和的的答答的喇叭聲。

「接著演出的，是去年參加本縣中學生街舞比賽，榮獲國中組第一名的舞街少年隊，他們將演出一支充滿青春活力的街舞，掌聲歡迎！」

啊！換我們出場了！我全身的細胞開始活躍起來！

和夥伴們上了臺，站定位置，擺好預備姿勢，音樂一出，五個人立刻跟著樂聲舞動起來。像比賽時那樣，我們跳得很順，跳到「大風車」時，現場還響起熱烈的掌聲。

就這樣使勁的跳，賣力的跳，直到最後一個動作停止，音樂剛好結束，我們的表演也跟著結束。轉身準備下臺時，主持人把我們留住，說有問題要問我們。

「我對你們的隊名很好奇，為什麼叫舞街少年？」主持人問。

由於我站得離主持人最近，她把麥克風湊到我嘴邊，所以我代表回答：「因為我們都在街邊跳舞，跳的是街舞，而且我們都還年輕，所以叫舞街少年。」

「你們的舞是跟老師學的？還是自己練的？」主持人又問。

「我們是自己練的。」說著，我指指舞少；「有時他姊姊會來教我們。」

「好，最後一個問題。」主持人說：「你們跳街舞，爸爸媽媽會不會反對？」

會不會反對？當然會！至少我爸爸就反對！我正想把這個問題讓給舞少他們回答，主持人又把麥克風湊到我嘴邊。

我看看臺下的人，念頭一轉，說：「我們的爸爸媽媽都是很開明的人，只要不影響課業、不學壞、不做違法的事，他們……都很支持我們。」我又指舞少：「像今天早上，就是他爸爸開車載我們來的。」

說完，在主持人「謝謝舞街少年隊的精采演出。」聲中，五個人下了臺。

下臺後，周猩猩豎起大拇指說：「章魚，你剛才說得好……義正詞嚴喔！」

舞少拍一下我的肩，笑著說：「你爸爸不是反對嗎？我聽了好想……吐喔！」

我看看舞少，沒有說話，心裡想：「不然要怎麼說？說『我爸爸反對』嗎？在這麼多人面前這樣說，不是讓他很沒面子嗎？」

後面還有很多節目，可是我都無心欣賞，因為剛才主持人的最後一個問題，讓我的心情很複雜……

活動結束了，一行人又坐上舞爸的車，載我們回家。和舞少他們分手後，返家途中，我找了一間便利商店，進去廁所把表演的服裝換了，以免到家後被爸爸媽媽看到而惹禍上身。

進門後，家裡只亮著夜燈，空無一人，連爸爸的轎車也不見了，「他們去哪兒了呢？」我想。不過，他們去哪兒，我好像沒有權利知道，就像早上我去哪兒，他們也不知道，是同樣的道理。

回到房間，我把牛仔褲、襯衫和領帶從包包裡拿出來。領帶摺一摺，放到衣櫥裡，襯衫晚上丟到洗衣機裡洗。至於牛仔褲，我決定改天自己刷洗，晾乾後，再讓它「住」回衣櫥裡。

在書桌前坐下來，看看那張邀請函，原本它是站著的，不知為什麼倒了。我把它拿在手中，看了又看，決定明天拿去還給舞少，因為風光已經過去了，再說，風光也不會是永遠的。

這時，外面傳來妹妹嘰哩呱啦的聲音，仔細一聽，只聽到她說「唉！好累喔！腳好瘦喔！」，以及媽媽「小聲點，不要這麼大聲」的聲音。

好累！腳好瘦！一早怎麼會累、會瘦呢？小聲點！不要這麼大聲！什麼事要小聲，不要大聲？嗯……應該是爸爸媽媽帶妹妹去逛大賣場、買了什麼給她了吧！

既然爸爸、媽媽和妹妹回來了，我也應該出去露臉一下，讓他們知道我在家——於是，我開了房門，走了出去……

19 世界在改變

晚餐時間，爸爸、媽媽、妹妹和我分坐四邊，妹妹一反常態，安安靜靜的吃著飯，爸爸、媽媽當然沒有「嗯嗯啊啊」的回應。

我偷偷的瞄了瞄妹妹，只見她兩隻眼睛骨碌骨碌的轉著，一下子看爸爸，一下子看媽媽。就我對妹妹的了解，她出現這樣的舉動時，表示一定有事，至於……是什麼事呢？

看看媽媽，她一邊吃飯，一邊看爸爸，還不時的努努嘴。再看看爸爸，他偶爾看向媽媽，卻毫無反應的吃菜、扒飯。看妹妹、媽媽和爸爸的眉來眼去，我覺得其中必定有詐，得小心一點才是。

不過，可能是我太多疑了，一直到我放下碗筷，什麼事也沒發生。聽到《少女的祈禱》，我立即起身去丟垃圾，然後直接回房間。

想到從明天起，又要開始過沒有重心的生活，我人一軟，直接往床上躺下去。忽然，我想起明天有國文課，老師說過要抽問〈為學一首示子姪〉，立刻從床上彈起來，拿出國文課本複習。

草草看了一遍，「砰砰砰」的敲門聲響起，沒有媽媽的叫，沒有妹妹的喊，那一定是爸爸！他敲門做什麼呢？我開了門，眼前的景象讓我很意外，爸爸、媽媽竟然同時出現在我面前。

「我們可以跟你聊聊嗎？」爸爸問。

又要聊！都已經聊過幾次了，也沒聊出什麼令我滿意的結果，還要聊什麼？我側過身，讓爸爸媽媽進來，問：「要聊什麼？」

爸爸媽媽往床沿一坐，叫我拉過椅子坐下，爸爸率先開口：「我們看過了，你的舞……跳得很棒。」

我聽了，十分驚訝：他們看過我跳舞！什麼時候看的？

看我滿臉驚訝，爸爸說：「今天早上，我們有去縣府廣場看你表演。」

「你……你們怎麼……知道？」

我很錯愕。

「我們看了你桌上那張邀請函。」媽媽說。

邀請函！我就說嘛！原本我是讓它立在桌上的，後來倒了，原來是爸爸媽媽動過了！

媽媽說，妹妹告訴她，我被縣長邀請去縣府廣場表演，她本來不信，妹妹就帶她去看那張邀請函，所以他們今天早上才跟去縣府廣場看。

原來如此！難怪上午我回家時，他們都不在。回來後，妹妹還一直喊「好累」「腳好痠」，原來是去縣府廣場了！說到妹妹，我得找機會好好修理她，叫她別講，她卻講出來，還私自進我房間！

「我們商討的結果，決定尊重你的想法，不再反對你跳街舞了。」爸爸說。

不反對我跳街舞！我有沒有聽錯？「可是……你不是說……跳街舞的都是不良少年嗎？」我低聲說。

爸爸笑笑說：「那是以前的想法啦！你和同學救了人、做了好事，我相信你不會是不良少年。」

「你……怎麼知道我們……救了人、做了好事？」

爸爸說，那天我上臺被表揚後，阿導有打電話給他，告訴他我和舞少他們街舞比賽得全縣第一名，還有救了老婆婆的事。阿導還告訴爸爸，我在學校除了上課不專心、成績不夠理想外，工作認真，循規蹈矩，算是個好學生……

喔！原來阿導的嘴巴也這麼大！她打電話告訴爸爸這些，是不是向爸爸炫耀她教育成功、教學績效良好？

還有爸爸媽媽，他們早就知道那兩件事了，卻能不動聲色這麼久，實在是……哎！我也不知該怎麼說！啊！我想起了！晚餐時，妹妹、媽媽和爸爸一直眉來眼去的，莫非就是為了這件事？

「早上，在縣府廣場看完表演，聽了你回答主持人的話後，我覺得對很多事我應該……換個角度看，重新省思省思。」爸爸說。

回答主持人的話？喔！我想起來了，那些話是我在情急之下，硬擠出來的，目的是不想讓爸爸在大庭廣眾面前丟臉，不然，他會成為「不明理」的爸爸。

聽了爸爸的話，我有點不知如何是好，也不知該說些什麼。

「還有，」爸爸又說：「那天……牛仔褲那件事，是我沒弄清楚事情真相，如果……」

聽到這裡，我知道爸爸要說什麼，立刻打斷他：「爸，那件事已經過去了，我早就沒放在心上，別說了。」

「沒放在心上？那就好！那就好！」爸爸直點頭。

後來，爸爸、媽媽又和我聊了很多，多到我記不起來，唯一有印象的，是爸爸要我跳舞歸跳舞，課業還是不能放棄，因為他查過了，就算我舞跳得再好，功課一塌糊塗，也上不了藝校舞蹈科和藝術大學舞蹈系。

這一點我認同，因為我也查過了，只是我一直找不到讀書的動力罷了。

爸爸媽媽離開後，我竟然有一種豁然開朗的感覺。今天是什麼日子，怎麼世界突然改變了？對了，今天是元旦，是一年的開始！在一年的開始就有這樣的好訊息，是不是意味著未來的一年，每天都是好日子？是！我確定是！

回到書桌前，我繼續複習〈為學一首示子姪〉。說也奇怪，剛才讀這些之乎者也時，我覺得好艱澀、好難懂。現在讀起來，卻覺得好有趣、好簡單，有一種茅塞頓開的感覺。

「天下事有難易乎？為之，則難者亦易矣；不為，則易者亦難矣。人之為學有難易乎？學之，則難者亦易矣；不學，則易者亦難矣。」嗯！好像真的是這樣喔！這個叫彭端淑的作者真厲害，在那麼古老的時代，竟然就能體會出這個道理！

迷迷糊糊中，我看到爸爸左手亮著破牛仔褲，兩眼惡狠狠的瞪著我，他念一句，我回一句；他罵三句，我回一段。忽然，一個耳光甩在我臉上，發出「啪」的一聲。

我立刻睜大眼睛回瞪爸爸，但是爸爸不見了，仔細看，上方是熟悉的天花板，周圍是熟悉的牆壁，我也躺在床上，原來我又做夢了！我百分之百確認是做夢！因為爸爸已經不反對我跳街舞了，所以不可能再甩我耳光！

我笑一笑，閉上眼睛……

20 新年新氣象

受到爸爸媽媽不反對我跳街舞的影響，新年的第一個上學日，走在路上，感覺就是不一樣，陽光是那麼燦爛，空氣是那麼新鮮，連擦肩而過的每個行人都變得可愛了。

走著走著，背後忽然響起「章魚」的叫聲。我停下腳步回頭看，是火哥，我等他趕上來後，一起走向學校。

「火哥，告訴你一個好消息喔！」我說。

「什麼好消息？」火哥問。

「昨天晚上，我爸爸媽媽跟我聊了好久，他們不再反對我跳舞了。」

「真的呀！恭喜你了。」火哥興奮的說：「他們怎麼會突然不反對呢？」

我說：「因為他們有去縣府廣場看我們表演，還有我們班阿導有打電話告訴我爸爸我們得第一名和救老婆婆的事。」

火哥聽了，露出羨慕的表情，他說，他們班導也知道他得第一名和救老婆婆的事，卻沒有打電話告知他爸媽。他告訴他爸媽他救了人，他爸爸卻說：哪會有那麼多車禍的人給他救。

聽了火哥的話，我忽然有個體會，就是：同樣是學校老師，對同一件事情的處理方法會有不同；同樣是爸爸媽媽，對孩子的教養態度也會不一樣——我不知道這個體會對不對？

來到校門口，遇到學務主任，他正比手畫腳的對一個男同學說話。那個男同學站在主任面前，低著頭，一副聽訓的樣子。

我和火哥很有默契的說了聲「主任早」，主任轉頭看看我們，也許是認出了我們，原本板著的臉忽然露出一抹笑容，回我們一句「早」，隨即把笑容收起來，轉過頭繼續對那個男同學比手畫腳。

看了主任的變臉反應，我又有一個體會，就是：做好事比做壞事容易得到笑臉——這是什麼體會？連我自己都覺得怪怪的！

打掃時間，我像往常那樣拿著掃把低頭掃地——阿導跟爸爸說我工作認真，所以我得認真一點。蔡麗香忽然靠過來，一邊掃，一邊說：「張紹輿，元旦那天早上，我們全家有去縣府廣場參加升旗典禮喔！」

「你們去參加升旗典禮，干我什麼事？幹麼告訴我？」我心裡這麼想，嘴巴說：「真的呀！」

「我有看到你……你們跳的街舞喔！」蔡麗香又說。

我又回了一句：「真的呀！」

「我覺得你……你們跳得很棒，尤其是在地上旋轉……」

蔡麗香還沒說完，我打斷她：「那個動作叫『大風車』。」

「尤其是『大風車』最好看。」蔡麗香接著說。

「那個動作很難，我上次就是為了練那個動作，肩膀才會受傷的。」我說。

「我想……請你教我跳街舞好不好？」

蔡麗香想跳街舞？對於這個突來的問題，我不知該怎麼回答，勉強擠出一句：「可是阿導說……跳舞不能當飯吃。」

蔡麗香笑一笑，說：「沒關係呀！那就當點心吃嘛！」

當點心吃？是呀！我怎麼沒想到呢？功課好的人頭腦就是轉得快！衝著這句話，我答應了蔡麗香！我竟然答應蔡麗香教她跳街舞！

第一節是國文課，老師整頓秩序後，說：「〈為學一首示子姪〉教完了，上一堂課我說過要抽問，現在開始。」

同學們屏氣凝神的盯著老師，看他會點到誰。老師環顧教室一周後，忽然看向我，叫：「張紹輿。」

我就知道老師會點我，幸好我有準備。

「你把『吾資之昏，不逮人也；吾材之庸，不逮人也』翻成白話文。」

這個簡單，上次老師問那個男同學後，我就準備好了。我說：「我天生的資質愚笨，趕不上別人；我天生的材質平庸，趕不上別人。」

老師看看我，問：「是這樣嗎？」

我點點頭說：「是的。」

老師笑一笑，又問：「你真的像你說的那樣嗎？」

老師剛問完，教室裡一陣哄堂大笑。我恍然大悟，原來老師……我趕緊改口：「當然不是！」

老師再笑一笑，叫我坐下。我瞄了瞄老師，心想：「原來國文老師不但幽默風趣，還會設計人呢！」

第二節是阿導的數學課，發去年考的「配方法與公式解」的小考考卷。「配方法與公式解」要用「因式分解」當基礎，我因式分解沒學好，配方法與公式解想當然好不到哪裡！

叫到「張紹輿」時，我出去領考卷，一看，果然不出我所料，只有五十七分。

阿導說：「我都說過幾次了，跳舞不能當飯吃。你如果把跳舞的時間拿來準備數學，就不會只考五十七分了。」

又來了！又來了！上次救了老婆婆，老師教育成功；跳街舞得第一名，老師教學有績效。我的數學是她教的，我考五十七分，明明是她教學不力，怎麼賴到街舞頭上了？

跳舞不能當飯吃？蔡麗香說的，「那就當點心吃呀」，這句話實在太經典了！想著，我忍不住看向蔡麗香，想不到她也向我看來，忽然，我的臉一陣灼熱……

放學了，我穿過校門口那片茫茫人海，來到公園裡那塊空地。夥伴們來齊後，我與高采烈的把昨晚爸爸媽媽不反對我跳街舞的原因和過程告訴他們。聽了後，大夥兒都為我歡呼。

周猩猩說：「我也有一個好消息要告訴你們。」

舞少、火哥、歐弟和我異口同聲問：「什麼好消息？」

周猩猩說：「上次你們不是去找過我爸爸，說要一起去幫我搬磚塊嗎？我爸爸說不用了。」

「為什麼？」舞少、火哥、歐弟和我又異口同聲問。

周猩猩說：「因為我們班導打電話給我爸爸，告訴他我們街舞比賽得第一名，還救了老婆婆。我爸爸一高興，叫我告訴你們，不用去了。」

聽到這個好消息，大夥兒又是一陣歡呼。

舞少說：「好了，別高興過頭了，趁著一年剛開始，我們要重新編舞囉！不然，下次比賽就看不到舞街少年隊了喔！」

大夥兒聽了，立刻站起身子，一邊討論，一邊設計，一邊練跳：

「我覺得預備動作這樣擺比較順。」

「接下來可以接麥可傑克森的月球漫步。」

「一開始就接月球漫步，起頭會不會太弱了？」

「不然要接什麼？」

「啊！我想到了，我們可以空翻……」

九歌少兒書房 261

舞街少年

著者	李光福
繪者	吳嘉鴻
責任編輯	鍾欣純
創辦人	蔡文甫
發行人	蔡澤玉
出版發行	九歌出版社有限公司 臺北市八德路3段12巷57弄40號 電話／25776564・傳真／25789205 郵政劃撥／0112295-1
九歌文學網	www.chiuko.com.tw
印刷	晨捷印製股份有限公司
法律顧問	龍躍天律師・蕭雄淋律師・董安丹律師
初版	2017年9月
定價	**260元**

書號	0170256
ISBN	978-986-450-146-5

（缺頁、破損或裝訂錯誤，請寄回本公司更換）

國家圖書館出版品預行編目(CIP)資料

舞街少年 / 李光福著 ; 吳嘉鴻圖. -- 初版.
-- 臺北市 : 九歌, 2017.09
面 ; 公分. -- (九歌少兒書房 ; 261)
ISBN 978-986-450-146-5(平裝)

859.6 106014191